Tim Schneider
Stierkampfnovelle

AF203996

*Stierkampfnovelle* erzählt von der unerhörten Begebenheit der Begegnung zweier Männer mit diametral entgegengesetztem Naturell und kulturellem Hintergrund, deren Lebenswege sich für kurze Zeit im Umfeld des hochumstrittenen spanischen Nationalrituals kreuzen. Für den aus einfachsten Verhältnissen stammenden andalusischen Fischersohn José Sanchez, einer derben rustikalen Kraftnatur, ist die Corrida in erster Linie ein gut bezahlter Kampf mit dem Stier, ein »Niederringen der Bestie«, die er »zur Not auch totprügeln« würde. Dagegen interessiert sich der aus bundesdeutschem Akademikermilieu stammende feinsinnige Schöngeist Thomas E. Hilpert vorrangig für die Tauromachie als Kunstform, in der das Töten des Stiers »nur ein Moment eines ästhetischen Formprozesses« darstellt. Die sich wechselseitig ergänzende Gegensätzlichkeit ihrer Anlagen scheint zunächst die innige Freundschaft der beiden jungen Männer zu befestigen – ehe eine scheinbar banale Frauengeschichte sie auf Jahre entzweit. Erst bei ihrem zunächst versöhnlichen Wiedersehen in gesetztem Alter kommt es zum Showdown, in dem die Prinzipien und die Körper mit voller Wucht aufeinanderprallen.

Tim Schneider wurde im Zeichen des Stiers am 14. Mai 1964 in Radolfzell am Bodensee geboren. Er studierte zunächst Klavier in Stuttgart und Basel, später Philosophie, Musikwissenschaft und Linguistik in Köln. Seit 1999 lebt er als freier Autor, Übersetzer und Musiker in Berlin.
www.timschneidertexte.jimdofree.com

Tim Schneider

# Stierkampfnovelle

© 2021 Tim Schneider
Umschlaggestaltung: Tim Schneider
Verlag und Druck: tredition GmbH, Halenreie 40-44, 22359 Hamburg
ISBN 978-3-347-31397-2 (Paperback)
ISBN 978-3-347-31399-6 (e-Book)

Bibliographische Information der Deutschen Nationalbibliothek: Die Deutsche Nationalbibliothek verzeichnet die Publikation in der Deutschen Nationalbibliographie; detaillierte bibliographische Daten sind im Internet über http://dnb.d-nb.de abrufbar

## Vorbemerkung

*Im Text gelegentlich vorkommende spanische Wörter und Wendungen, besonders Jargon- und Fachausdrücke der Stierkampfsprache, finden sich in einem Glossar am Ende des Bandes übersetzt bzw. erläutert.*

*Auf Übersetzung des streckenweise auf Englisch geführten Dialogs glaubte der Autor hingegen verzichten zu dürfen, da er die heutzutage bei deutschen Leser\*innen standardmäßig voraussetzbaren Englischkenntnisse als zum Verständnis dieser Passagen ausreichend einschätzt.*

Vom Tode seines Jugendfreunds, des einst umjubelten Stierkämpfers José Sánchez, erfährt der unumjubelte, obgleich auskömmlich erfolgreiche Filmmusikkomponist Thomas E. Hilpert, als er an einem sonst vielversprechenden Junimorgen des Jahres 2016 in einer Berliner Espressobar wie gewohnt auf seinem Laptop durch die Online-Ausgabe von El País scrollt. Kurz und lapidar gab die Meldung bekannt, dass Sánchez, bei den Aficionados besser bekannt unter seinem Künstlernamen *Pez Espada*, am Vorabend des Vortages aus einem Sevillanischen Bordell, wo er, einen der dort angebotenen Dienste in Anspruch nehmend, einen Herzinfarkt erlitten hatte, von der Notambulanz abgeholt worden und noch in derselben Nacht im Krankenhaus verstorben sei, nachdem ein erfahrenes Ärzteteam mehrere Stunden vergeblich um seine Wiederbelebung gerungen hatte, wie es hieß.

Die erste Empfindung, die Hilpert beim Lesen überkommt, ist eine zweifache Verstimmung: erstens über den Druckfehler im Namen des Freundes (Sánghez statt Sánchez); zweitens über die seiner Ansicht nach bezeichnende, und zwar im ärgerlichen Sinn bezeichnende Tatsache, dass sich die fast schamhaft wenigen Zeilen ganz am Ende der Seite in den Obituarios fanden, als etwas gleichsam in den hintersten Winkel der öffentlichen Wahrnehmung Abgeschobenes und Verdrängtes, anstatt in angemessener Aufmachung im Deporte-Teil zu erscheinen, wo stattdessen lang und breit das für das Weiterkommen in der Champions League gerade so hinreichende 1:1 besprochen wurde, das Real vergangenen Samstag zuhause gegen Atletico erzielt hatte.

Nicht einmal ein Bild des Pez Espada, etwa das in den 80er Jahren in Spanien wie eine Pop-Ikone verbreitete mit dem bullig herben Gesicht und der unorthodox ein wenig zu tief in die Stirn gezogenen, so den Ausdruck brutaler Entschlossenheit, Sánchez' Markenzeichen, unterstreichenden Montera, hatte man dem Text beigefügt. Dabei wäre das doch, im Zeitalter der digitalen Medien, kein großer Aufwand gewesen, dachte Hilpert. Hier aber war offenbar selbst der kleinste gescheut geworden.

Es war alles nicht mehr das.

Während sein Gehirn reflexhaft Sounddesigns und rhythmische Patterns durchscannt, die sich zur Untermalung der Szene eignen würden, die jetzt vor seinem inneren Auge abrollt wie eine Sequenz aus einer der schwachsinnigen TV-Serien, für die er regelmäßig seine Scores abliefert – Bordellzimmer in funzeligem Rotlicht, darin ein Geschlechtsakt von verschwitzter Schludrigkeit, dann Sánchez' Körper schwerfällig auf dem Bett zusammen sackend, Schnitt, Blaulichtkarussell, eilige Sanitäter mit Trage, Schnitt, Intensivstation, Messgeräte mit grünen Flimmerkurven, Arztkommandos höchster Alarmstufe, Defibrillatoren in ächzender Action und so weiter – fragt sich Hilpert in einer Mischung aus Neid und Ekel, ob er sich den Jugendfreund im Augenblick des Todes als glücklichen Menschen vorstellen muss: ob José seine letzten Minuten in den Armen seiner Stammnutte in seinem Stammpuff verbringen durfte, oder ob er bei irgendeiner anonymen Sexdienstleisterin gelandet ist, die keinen Schimmer hatte, wen sie da zu Tode ritt oder blies – falls sie den ihr ganz unbekannten Kunden (nachdem dieser, vielleicht auf eine Vergünstigung hoffend aufgrund des Renommees, das seiner Meinung nach Stierkämpfer bei Frauen noch immer genossen, sich ihr offenbart hatte als einstmals berühmter Matador, nämlich als José Sánchez, der Schwertfisch, die Stierkampflegende seiner Zeit) nicht einfach nur auslachte, indem sie erstens auf Stierkämpfer einen Dreck gab und zweitens solch Wuchern mit dem Pfund einer großen Vergangenheit, angesichts der Fettleibigkeit, die Sánchez nach dem Ende seiner aktiven Karriere sich nach und nach angefressen hatte (und deren Anblick auf alles andere als Geschicklichkeit im Ausweichen vor anstürmenden Kampfstieren zu deuten schien), ihr ohnehin nur als plumpe Aufschneiderei und besonders billiger Trick vorkam.

All diese Erwägungen münden in Hilperts Hirn schließlich in die Erkenntnis, dass er über die letzte

Phase im Leben seines Freundes imgrunde gar nichts weiß.

Hilpert schließt die El-País-Seite und klappt den Laptop zu. Kurz erwägt er, ob er Blanca Isabel anrufen soll, doch verwirft er den Gedanken gleich wieder. Wenig wahrscheinlich, dass Blanca noch dieselbe Nummer hat wie vor – bezeichnenderweise muss Hilpert erst nachrechnen – dreiundzwanzig Jahren. Genau so wenig wahrscheinlich, dass die einstige Olivenkönigin über die späten Lebensumstände des Stierkämpfers mehr wissen sollte als er, Hilpert, selber. Kaum wahrscheinlicher außerdem, dass Blanca Isabel ausgerechnet jetzt, nach fast einem Vierteljahrhundert Funkstille, Lust haben sollte, ausgerechnet mit ihm, Hilpert, ausgerechnet über José zu sprechen, wohl wissend, dass sie abgesehen von dem pikanten Detail, für kurze Zeit die Verlobte seines besten Freundes gewesen zu sein, in seinem Leben keine größere Rolle gespielt hat als irgendeine der paar Dutzend Affären, die er im Lauf der Jahre mehr oder weniger elegant abserviert hat.

Da er das Handy schon in der Hand hat, überlegt Hilpert noch, ob er Renate anrufen soll, gibt aber auch diesem Impuls nicht nach. Garantiert würde Renate, in der ihr eigenen misstrauischen Art, sofort unterstellen, er, Thomas E., versuche jetzt, zwei Jahre nach ihrer Trennung, den Tod des Jugendfreundes als Vorwand zu benutzen, um wieder mit ihr in Kontakt zu treten. Womit seine Exfrau, wie Hilpert zum Glück noch rechtzeitig bemerkt, nicht einmal ganz falsch gelegen hätte.

Da ihm aber auch sonst niemand einfällt, mit dem er jetzt über José Sánchez reden könnte, sieht im Moment alles danach aus, als müsste Thomas E. Hilpert mit dem Tod seines Freundes gerade so allein bleiben wie dieser selber mit seinem Tod. Genau genommen, überlegt Hilpert, sogar noch *alleiner*. Schließlich ist bei ihm noch nicht mal eine Nutte.

Für den Rest des Tages hat der Filmmusikkomponist nichts Besonderes vor. So gesehen hätte Hilpert jetzt ebenso gut in seiner Espresso-Bar sitzen bleiben, den Laptop aufgeklappt lassen und Word öffnen können, um mangels anderer Leute, die mit ihm über José Sánchez hätten reden wollen, die Geschichte ihrer Freundschaft aufzuschreiben.

Leider ist das Schreiben nicht gerade Hilperts Stärke. Besser schon, wir übernehmen das für ihn. Entlassen wir also Thomas E. Hilpert aus der Espresso-Bar und sehen ihm, bevor wir loslegen, noch ein Weilchen nach, wie er in der strahlenden Junisonne eine dieser bunten modernen verkehrsberuhigten Straßen auf dem Prenzlauer Berg hinuntergeht, sich an seine letzte denkwürdige Begegnung mit José Sánchez erinnert und auf weitere Empfindungen wartet.

# I. Teil

## 1

*Giovanni: E la luce?*
*Juan: ¿Y la lucha?*
*(Anonym)*

Thomas E. Hilpert erhielt seinen zweiten Vornamen, Ernesto, von seinem Vater, Ernst Heinrich Hilpert, damals international angesehener Professor für Kunstgeschichte, Experte für die Malerei des Siglo de Oro. Des Professors Liebe zu Spanien hatte immer schon weit mehr umfasst als nur jene reiche Tradition der Bildenden Künste, die für jeden Kenner Gegenstand gegründeter Wertschätzung und staunender Bewunderung ist. In einer Art sehnsüchtigen Schwärmerei, die sich mit zunehmendem Alter ins geradezu Idolatrische steigerte, galt Hilperts Liebe vielmehr dem Spanischen schlechthin, genauer gesagt dem, was sich in seinem Kopf in letzter Verdichtung als *der spanische Gedanke* festgesetzt hatte. Großzügig (obschon darin zugleich selektiv und nicht immer gerecht gegen die Vorzüge anderer Länder, insbesondere des eigenen) verströmte sich Hilperts Spanienliebe, die manch einer selbst seiner Freunde in gutmütigem Spott auch schon mal einen Fimmel nennen mochte, über die iberische Nation als Ganzes, ergoss sich ebenso bekenntnishaft wie lustvoll über Sprache, Landschaften, ehrwürdige alte Städte, die gesamte Kultur und Lebensart, so auch nicht zuletzt die spanische Küche, den Wein und die Frauen, deren Kenner und Liebhaber Hilpert war.

Man wird Ernst Heinrich Hilpert glauben dürfen, dass es nicht sein Bestreben war, dem Sohn mit jenem Segundo Apellido, Ernesto, nach patriarchaler Manier den eigenen Rufnamen, kenntlich kaschiert in der spanischen Form, als sozusagen immaterielles Vatererbe in die Wiege zu legen. Es sollte jene Taufe von nichts anderem zeugen als von Hilperts Bedürfnis, seinem leidenschaftlichen Hispanismus einen Ausdruck zu verleihen, der im Namen des Sohnes zeit dessen Lebens, und so über sein, Ernst Heinrichs, eigenes hinaus, klangvoll spanisch nachhallen würde. Mochte auch Hilpert in seiner weltanschaulichen Überzeugung ein Gegner der katholischen *Religion*, wie überhaupt jeglicher konfessionellen Religiosität sein: seine Spanienliebe war doch so umfassend, dass sie diese kleine Verbeugung vor der katholischen *Kultur* des gelobten Landes, wie die Sohnestaufe sie darstellte, ganz undogmatisch einschloss.

Einen zusätzlichen Schub erfuhr der Hilpertsche Spanienkult zu der Zeit, als unter den progressiven Intellektuellen der damaligen Bundesrepublik die später sprichwörtlich gewordene Toskana-Verklärung zunehmend en vogue kam. Obwohl politisch der diesem lieblichen Landstrich so zugeneigten Fraktion nicht ganz fernstehend, erkannte Hilpert doch in seiner spanischen Gegenutopie das geistig und ästhetisch ihm Gemäßere. Dem Milden und Sanften und der arkadischen Süße, jener vorweggenommenen Versöhnung von Allem mit Allem und von Allen mit Allen, als deren kulturlandschaftliches Sinnbild der *Vulgärhedonismus* (Hilpert) der Gegenpartei die Toskana beschwor, setzte er iberische Rauheit und Härte entgegen; dem schmeichelnd einlullenden mediterranen Balsamlicht die grelle, von allem Schein des der Menschenseele Entgegenkommenden gleichsam entblößte Materialität: jene trockene, schimmerlose, zuweilen feindliche und geradezu verletzende Helle, in der unter der spanischen Sonne Dinge und Gesichter in die Erscheinung traten, ja in die Erscheinung geradezu hinein sich stemmten, zu ihr vorstießen, fordernd und obszön. Dem toskanisch-elysischen Einssein von Subjekt und Natur misstraute ein Geist, der in den kargen Sierras und Hochebenen Spaniens eine Ursprünglichkeit zu erfahren vermeinte, sprachlos und uneinnehmbar resistent, deren Sinn nicht in der tröstlichen Verschmelzung von Licht und Ding läge, sondern in deren repulsivem Aufeinanderprallen; eine Ursprünglichkeit, in der nicht stille Glückseligkeit und heiteres Otium heimateten, sondern der Kampf.

Dass Hilpert als moderater Sympathisant zum weiteren Umfeld der deutschen akademischen 68er dennoch gehörte, hatte ihn seinerzeit zu einem unter den Studierenden beliebten Dozenten und gefragten Doktorvater gemacht. Dies mag insofern erstaunen, als Hilpert von den Effekten, mit denen der Kapitalismus, gegen den man sonst erbittert opponierte, die Sphäre der Kunst immer mehr mit einer buchstäblich Schwindel erregenden Vermarktung zersetzte, ganz offensichtlich profitierte. Zuzüglich einer stattlichen Erbschaft durch einträgliche Nebentätigkeiten als Gutachter bedeutender Museen und Auktionshäuser zu Vermögen gekommen, zögerte Hilpert nicht, sich einen lang gehegten Lebenstraum zu erfüllen, indem er, einige Jahre vor seiner, übrigens vorzeitigen Emeritierung, in der Gegend von El Bosque im andalusischen Hinterland eine herrlich gelegene alte Finca erwarb: *La Herradura,* das Hufeisen, war der Name des Anwesens.

Zu dieser Zeit hatte das Francoregime, dem Druck der globalen Zeitläufte nachgebend, bereits begonnen, sich der einen oder anderen liberalistischen Lockerungsübung zu befleißigen, die es, von außen betrachtet, nicht mehr ganz so präpotent grandenhaft, als vielmehr schon ein wenig donquijotesk linkisch im Sattel sitzend erscheinen ließen. Nach innen zwar versahen die Exekutivorgane des greisen Diktators noch immer weithin spürbar ihr repressives Amt, und selbstverständlich stand Hilpert dem allem vehement ablehnend gegenüber. Indes er auf La Herradura hatte ja unter den politischen Verhältnissen nicht zu leiden; außerdem war deren baldiges Ende damals schon absehbar. Und es hatte nun einmal Spanien sein müssen.

Wie Thomas Ernesto früh begreifen lernte, hatte sein Vater für das Erfüllen von Lebensträumen überhaupt eine ausgeprägte Begabung. Nur zu glücklich war für Ernst Heinrich der Erwerb von La Herradura mit der Erfüllung eines weiteren Traumes zusammengefallen. In einem vorgerückten Mannesalter stehend, das sich für ihn in jeder Hinsicht als das sprichwörtlich beste erweisen sollte, hatte nämlich Hilpert am Rande einer Tagung der CETA in Madrid eine blutjunge Spanierin kennen gelernt, die er mit seinem Charme, seinem Esprit, möglicherweise aber auch mit seiner herrlich gelegenen Finca, in wenigen Tagen nicht allein zu erobern, sondern dauerhaft an sich zu fesseln vermochte. Es war um María Asuncións willen, dass Hilpert sich wenige Monate später von Hannelore, der Mutter seines Sohnes, scheiden lassen sollte. Und während Thomas bei seiner nunmehr alleinerziehenden Mutter in einer nunmehr erheblich kleineren Reihenhauswohnung in einer nicht weiter erwähnenswerten (und darum hier auch namenlos bleibenden) Düsseldorfer Vorstadtsiedlung aufwuchs, verbrachte der Professor von nun an seine vorlesungsfreie Zeit größtenteils mit María Asunción auf La Herradura, bei Sonne, Wein, Kunstbildbänden und Liebe.

Unser Vertrauen in die Vorstellungskraft des Lesers, der, sei es aus eigener Erfahrung, sei es vom Hörensagen, mit wenigstens *einer* Geschichte dieser Art bekannt sein wird, lässt es geraten scheinen, den Mantel des Schweigens über die folgenden Jahre ehelicher Verwerfungen, psychologischer Scharmützel und nicht zuletzt logistischer Komplikationen zu breiten, die auf diesen tiefen Einschnitt in letztlich auch Thomas Ernestos Biografie folgten. Es genügt, zu erwähnen, dass Hannelore Hilpert, nachdem sie im Scheidungsprozess zunächst das Sorgerecht für den gemeinsamen Sohn zugesprochen bekommen hatte, mit den Jahren mehr und mehr der Trunksucht verfiel, weshalb ihr zu guter Letzt das mit verbitterter Vehemenz Erstrittene wieder aberkannt werden und infolgedessen der damals elfjährige Junge zu Vater und Stiefmutter ziehen musste, die sich inzwischen dauerhaft auf La Herradura niedergelassen hatten.

Spanien war jetzt von der Diktatur befreit und immerhin parlamentarische Monarchie geworden – gerade rechtzeitig nachdem der Professor, nun auch seiner akademischen Verpflichtungen glücklich ledig, sich entschlossen hatte, der alten Bundesrepublik endgültig, wie man sagt, den Rücken zu kehren. Als Thomas Ernesto ihm nachfolgte, kam er in ein freies, zunehmend der kulturellen Moderne zugewandtes Land, das sich im Bewusstsein einer Art Rundumverjüngung in einen Prozess neuer Selbstfindung begeben hatte, was sich auf allen Ebenen des gesellschaftlichen Lebens in einem Klima von Freiheit, Fortschrittlichkeit und Weltoffenheit niederschlug.

Bald nach Thomas Ernestos Ankunft auf La Herradura folgte ihm sein geliebter Bechsteinflügel nach, den der Junge eine Reihe von Jahren schon, seit er mit dem Klavierunterricht angefangen hatte, eifrig zu bespielen pflegte und den er nun von seiner Mutter, deren Eigentum er eigentlich war – wir möchten, um es so wertfrei wie möglich auszudrücken, sagen: *übernommen* hatte. *Geschenkt* nämlich hatte ihm die Mutter das Instrument eigentlich nicht; es ein Erbstück zu nennen verbietet sich angesichts der Tatsache, dass Hannelore Hilpert, wenn auch in mehr und mehr zerrüttetem Zustand, noch lebte; von Diebstahl zu sprechen aber hieße sowohl dem Jungen eine Böswilligkeit unterstellen, an die sein kindliches Gemüt damals bei weitem noch nicht heranreichte, als auch der Mutter einen Besitzanspruch, den sie zu dem Zeitpunkt schon nicht mehr dezidiert zu stellen in der Lage war.

Hannelore Hilpert, die sich inzwischen wieder mit ihrem sogenannten Mädchennamen Kolbe nannte, war eine durchschnittlich begabte Mezzosopranistin, die, bevor sie Gattin des Kunsthistorikers wurde, ihre prekäre Existenz mit Gesangsstunden und als Aushilfe im Opernchor finanziert hatte. Der Bechstein war, pünktlich zum Abschluss ihres Studiums, durch den Tod eines entfernten Onkels im Thüringischen auf sie gekommen, ein Erbmassenteil, für den außer ihr in der Familie niemand Verwendung hatte – eher, wenn man so sagen kann, im Gegenteil. Der ziemlich verlotterte alte Kasten war zu der Zeit schon einigermaßen heruntergespielt, der Klang im Bass pappig, im Diskant aufgespleißt und hauchdünn; doch machte der Flügel optisch etwas her, und die Mittellage erwies sich, wenigstens für die Zwecke des Gesangsunterrichts, als immer noch tauglich. Eine aufwändige Restaurierung hatte man von daher zunächst für unnötig erachtet; erst nachdem Thomas Ernesto im Klavierspiel Fortschritte machte, die allgemein als untrügliche Anzeichen von Talent gedeutet wurden, investierte Professor Hilpert die deutlich über dem Bagatellbereich liegende Summe, mit der sich ein in Ehren gealtertes Museumsstück in ein spielbares Instrument verwan-

deln ließ, das mit der sich rasch entwickelnden Finger-
fertigkeit des Jungen mithalten konnte. Mit eifrigem
Üben, zunehmendem Können und regelmäßigen Ach-
tungserfolgen bei Jugend musiziert aber hatte sich
Thomas Ernesto im Lauf der Jahre den Status des fak-
tischen Flügelbesitzers erspielt, und als eines Morgens,
wenige Tage nachdem er die mütterliche Wohnung
verlassen hatte, die dreiköpfige Packertruppe des von
Ernst Heinrich beauftragten internationalen Klavier-
transports vor der Tür stand, dachte Hannelore Kolbe
gesch. Hilpert selbst schon nicht mehr daran, dass das
gute Stück eigentlich ihr gehörte.

Bald hatte sich in El Bosque ein Klavierlehrer gefunden, der ins Haus kam, sodass Thomas den ge-
wohnten Unterricht auch in Spanien fortsetzen konnte.
Dank einem angeborenen feinen Ohr und der suggesti-
ven Beredsamkeit seiner jungen Stiefmutter, erlernte er
auch das Spanische schnell. Professor Hilpert hatte
dazu früher schon, durch spielerische Lektionen in der
Sprache, die er selber, wie sich versteht, fließend beherrschte, gute Vorarbeit geleistet. An der Primaria,
die Thomas Ernesto in El Bosque besuchte, verstand er
sich rasch einzufügen; nicht länger als ein Jahr dauerte
es, bis seine Leistungen den Stand wieder erreicht hatten, den er aus seinen Schuljahren in NRW gewohnt
war, nämlich einen durchweg hervorragenden. Die äußere Erscheinung des Jungen mit dem hellen, zu Blässe
neigenden Teint und dem luftig gelockten Blondhaar
ließ ihn unter den einheimischen Klassenkameraden
hervorstechen – was ihm übrigens mehr ehrfürchtige

Beachtung eintrug als fremdelnde Hänseleien. Sein Spanisch dagegen war in Duktus und Intonation von dem der nativen Sprecher bald kaum noch zu unterscheiden, bis auf ein leichtes Hinterherhinken im Sprechtempo, dessen prasselndes Prestissimo er nie ganz erreichen sollte. Ansonsten aber konnte der Professorensohn, der jetzt von allen nur noch Ernesto gerufen wurde, bald als hervorragend assimilierter Deutschspanier gelten.

Indes sein Vater war entschlossen, diese Assimilation noch weiter voranzutreiben. Unter allen denkbaren Formen aber, mit der Kultur des Gastlandes in Berührung zu kommen, gab es eine, die ihm dies auf besonders privilegierte Weise zu leisten schien und die zum *spanischen Gedanken* den zweifellos unmittelbarsten und intensivsten Zugang bereiten musste. Er meldete Ernesto bei einer Stierkampfschule an.

Es mag den zahlreichen Widersprüchen im Charakterbild Ernst Heinrich Hilperts einen weiteren hinzufügen, dass das so feinfühlige, durch jede Unstimmigkeit in kleinsten Wahrnehmungsnuancen verletzbare Sensorium dieses Mannes, dessen hochkultivierter Geist den schönen Künsten ebenso zugetan war wie dem edlen Gedanken eines solidarisch gewaltfreien Zusammenlebens aller Menschen, nicht angewidert zurückzucken sollte vor der zweifelhaften Kunst der Tauromachie mit ihren präzivilisatorischen Grausamkeiten, ihrer atavistischen Inszenierung von Gewalt, Blut und Tod. Hilpert selbst sah das freilich anders. Für ihn war solcher Widerspruch nicht etwa ein Gebrechen oder eine Art geistige Ursünde, war nicht der fundamentale logische Konstruktionsfehler, der früher oder später jedes noch so elaborierte Ideengebäude zum Einsturz bringen musste. Vielmehr sah er darin die übergeordnete Stimmigkeit einer Polarität, die einem solchen Gebäude geradezu Dynamik und Innenspannung, und damit Stabilität und Tragkraft, letztlich auch Schönheit verlieh. So weit, dachte Hilpert, durfte man es mit der Feingeisterei nicht treiben, dass man sich verächtlich stellte gegen eine Tradition, die gleichsam sinnbildhaft im innersten Zentrum dessen verankert war, was zu seiner, Hilperts, Schulzeit nach Wilhelm Wundt noch in aller Unschuld *die Seele eines Volkes* hatte heißen dürfen. Und war nicht die Essenz des spanischen Gedankens gerade in der Corrida, diesem farbenprächtigen Fest-Spiel mit dem schwärzesten Ernst des Todes, auf das Sinnfälligste und Anschaulichste verdichtet? Und trafen nicht diejenigen, die von der Institution des Stierkampfs als einem Nationalheiligtum sprachen, mit der scheinbar gedankenlos wiedergekäuten Phrase die Wahrheit aufs Glücklichste und Genaueste: dass nämlich in der perennierenden Verehrung, ja Liebe des spanischen Volkes zu seinem Totem, dem Stier, aus unversieglicher Quelle ein Unterstrom des Paganen fortströmte, der sich, unsichtbar, schweigend und kryptisch verästelt, durchhielt und durchsetzte gegen alle vergeistigte Christenheiligkeit, die die wahrnehmbare Oberfläche der Zeugnisse der Zivilisation in diesem Lande bestimmte? Nein, dachte Hilpert, Spanien war doch *im*

*Grunde*: gleichsam in der chthonischen Tiefe seines Seins, ein paganes Land geblieben. Ein paganes Land mit einer christlichen Fassade, genau gesagt einer katholischen. Ja, wenn man es nur tief genug bedachte, so war die Kultur, die auf dem Territorium der iberischen Halbinsel aus der Begegnung von Heidentum und Christentum hervorgegangen war, nichts anderes als *paganer Katholizismus*. Dies war der iberokatholische Bastard, der aus der Vergewaltigung der heidnischen Mutterkultur durch das Christentum entsprossen war: ein Katholizismus, der mit Christlichkeit gerade so viel noch gemein hatte, dass es zu Judenverfolgung, Maurenschlachterei und Hexenabfackeln reichte, zu ekstatischen Madonnenanbetungen und postschamanistischen Kapuzenriten mit Heiligenstatuen. Das Beste am Katholizismus aber war für die Spanier, Nation geborener Fleischfresser, die Eucharistie, dieser merkwürdige heilsgeschichtlich verbrämte Opferritus, bei dem öffentlich (obschon symbolisch zu einem dünnen roten Säftchen sublimiert) *Blut* getrunken werden durfte. Wäre es doch nur echtes gewesen, musste Hilpert oftmals denken. Hätte Spanien fortgefahren, sich kollektiv am Blut seiner geopferten Stiere zu besaufen, anstatt sich von katholischen Priestern, dieser blutleeren Schamanenkaste des Papstregimes, einreden zu lassen, dass es sich bei der labbrigen Plörre im Blechkelch um »transsubstantiiertes« Blut handle – wie viel vergossnes Menschenblut wäre der Welt da erspart geblieben! Das echte Blut der Frühzeit, durch einen semantischen Quacksalbertrick verdrängt vom falschen katholischen: zurück gewann man es, indem man es aus den Körpern der Ungläubigen herausschlug mit der Gewalt des Schwertes. Waren nicht die Hysterie des Katholischen in Spanien, die Erbitterung der Verfolgung, die Unersättlichkeit der Bekehrung und das fanatische Pathos der Autodafés gerade die Symptome dafür, dass die pagane iberische Seele ihre christliche Verletzung in Gestalt des spanischen Katholizismus mit aller Gewalt an den Rest der Welt weitergeben musste, sie blutberauscht zum Glück des wahren Glaubens zwingend? Das, so Hilperts geschichtsphilosophische Pointe, war der Preis gewesen für all die Segnungen der Zivilisation, die die Christianisierung über Spanien gebracht hatte: die Annahme des Katholizismus als Eintrittskarte gleichsam in jene von Blut überschwappende Arena, die sich Weltgeschichte nannte. Und um wie viel uneleganter, unfairer noch und grausamer als auf einer Plaza de Toros, kämpfte in dieser Arena Mensch gegen Mensch!

So also kam der zwölfjährige Ernesto Hilpert in die Escuela Comarcal Taurina de Ubrique. Viele spanische Väter schicken ihre Söhne in Stierkampfschulen, damit aus den Knaben Männer würden; Hilpert senior schickte Thomas Ernesto hin, damit aus ihm ein Spanier werde. Den Jungen zum professionellen Stierkämpfer ausbilden zu lassen war keineswegs sein Plan. Den Kampf selbst aber sollte er lernen: den Kampf mit dem Stier in all seinen Finessen und nach allen Regeln der Kunst. Für eine Phase seines Lebens wenigstens sollte der Junge in Berührung kommen mit dieser animalischen Allegorie des spanischen Gedankens, und zwar im wörtlichen Sinn von Berührung, als einer unmittelbaren Erfahrung in nächster physischer Nähe. Es sollte Thomas Ernesto *den Stier fühlen.* Denn dies erachtete der Kunstgeschichtsprofessor als eine elementare Form ästhetischer Bildung: Erziehung durch Wahrnehmung; fühlendes, nicht diskursiv vermitteltes Lernen. Hilpert hegte dabei die, wie ihm klar war, ganz unwissenschaftliche, vielmehr reichlich esoterische Vorstellung, dass sich jener spanische Gedanke in einer Art feinstofflichem Fluidum materialisierte, das in den Körper überging und in die Seele dann gewissermaßen einsickerte, sobald der Mensch mit dem Stier in Berührung kam, aus nächster Nähe den Ausdünstungen des Körpers des Stieres ausgesetzt, seinem Schweiß, dem Brunstgeruch und dem feuchtheißen Schwall seiner Nüstern, dies alles spürend, einatmend, in sich aufsaugend. Und so würde es der Stier sein, der jene letzte Lücke ausfüllte, die Thomas Ernestos Geist und Seele vom vollen Einswerden mit dem Spaniertum noch trennte, den Weg seines, Hilperts, Sohnes zur Ununterscheidbarkeit von einem eingeborenen Spanier, noch, auf der letzten Etappe, blockierte.

In der Stierkampfschule erwies sich Thomas Ernesto als gelehrig sowohl als geschickt, kaum minder als im Klavierunterricht. Gewohnt und geübt, seine Sache in allem, was nur zu lernen war, gut zu machen, stand er auch hier nicht hinter seinen Mitadepten zurück, ja tat sich in Vielem sogar exzellierend unter ihnen hervor. Kaum wird betont werden müssen, dass er in den sogenannten Wissensfächern, Theorie und Geschichte des Stierkampfs, bald ohnehin alle anderen übertraf. Die einschlägige Literatur verschlang er förmlich. Schon nach einem halben Jahr kannte er Namen und Beschreibungen sämtlicher Faenas, wie sie im großen El Cossío, der Bibel des Stierkampfes, beschrieben waren, auswendig, wusste Bescheid über Entstehungs- und Verbreitungsgeschichte der modernen Corrida, kannte Namen und Lebensstationen der legendären Matadore sowie Orte und Daten ihrer wichtigsten Kämpfe. Schier altklug expertenhaft konnte er sich in den Theoriekursen über die verschiedenen Schulen und die feinen Unterschiede der durch sie geprägten Kampfstile auslassen; selbst über Stierzucht und -haltung hatte er sich bald alles Wissenswerte angeeignet. Namen und Definitionen der höchst differenzierten Charakterkategorien, denen der Stierkenner, und mehr noch selbstredend der Stierkämpfer, die einzelnen Gattungsexemplare zuordnen können muss, beherrschte er aus dem Effeff, lange bevor er überhaupt in die Nähe eines lebendigen Stiers gekommen war.

Auch auf dem Platz, der Sandfläche der Übungs- arena machte Thomas Ernesto keine schlechte Figur, wobei ihn sein eher leichter, in all seiner Geschmei- digkeit aber durchaus drahtiger Körperbau begün- stigte. Die Schwünge mit der Capa, die der Anfänger zunächst allein, später im Zusammenspiel mit einem Mitschüler, der, geduckt mit an den Schläfen vorge- streckten Zeigefingern, auf ihn zu stürmt, zu üben hat, gelangen ihm mit natürlicher Grazie, und das Ganze seiner Darbietung entriss dem Munde Bartolomé Chispas, des Stierkampfmeisters, manch ermunterndes *¡Bueno!*, *¡Excelente!* und *¡Fabuloso!* Es schien, Thomas Ernesto hatte auch für den Stierkampf Talent.

Auch später, als nicht mehr auf jene noch kindlich stierspielende Art mit den Zeigefingerhörnern, sondern mit dem Carrito geübt wurde, einem schubkarrenartigen Fahrgestell, das vorn auf einer Stange einen lebensgroßen Stierkopf aus Pappmaschee trägt, bewehrt mit nicht mehr ganz so harmlosen Hornnachbildungen, büßte Ernestos Darbietung an Eleganz, Sicherheit und Bravour nichts ein. Im Gegenteil entwickelte er hier nun erst recht Schneid, Wendigkeit, Stilgefühl, ergänzte seine angeborene Anmut durch Kraft und bis ins Kleinste ausgefeilte Kniffe und Bravaden. Für Bartolomé Chispa war es eine wahre Freude, den gelehrigen Jungen sprichwörtlich mit der Größe der Aufgabe wachsen zu sehen.

Einzig der letzten Tathandlung des Kampfes, dem Todesstoß, fehlte es bei Thomas Ernesto einstweilen noch an Wucht und Durchschlagskraft. Den schmalen Schlitz im Nacken des Pappmascheekopfs, in den am Ende einer simulierten *Suerte de matar* die Klinge versenkt werden muss, traf er zwar meist einigermaßen sicher und genau; nicht jedes Mal, aber im Ganzen mit immer noch überdurchschnittlicher Zuverlässigkeit. Doch mangelte seiner Estocada jene letzte Konzentration von Energie, die für das saubere Töten erforderlich ist. Das trotz seiner Verletzlichkeit immer noch relativ feste Gewebe an der etwa münzgroßen Stelle zwischen den Schulterblättern eines echten Stiers, hätte sein Degen nicht zu durchdringen vermocht.

Oft bemängelte Bartolomé Chispa dieses Defizit, mahnte Ernesto zu stärkerem Engagement. Eine Kritik, die den ehrgeizigen Schüler umso schmerzlicher traf, als sie just auf den Punkt zielte, wo, bei offensichtlich mangelnder Anlage, durch Lernen und beharrliches Üben am wenigsten auszurichten sein würde.

Es war nicht etwa Chispas suggestive, oft mit Bildern und Gleichnissen arbeitende, manchmal etwas wolkige und den Metaphernhorizont eines Zwölfjährigen jedenfalls deutlich überschreitende Sprache, an der Thomas Ernestos Lerneifer scheiterte. Belesen und verständig genug war er, verfügte auch über genügend Phantasie, um stets genau zu ahnen, wovon der Meister im Unterrichtsraum zur Klasse sprach. Lebhaft, wie zum Greifen nah, sah er es vor sich, wie er den Stoß zu führen hätte; mit aller Deutlichkeit spürte er die Möglichkeit dieses Stoßes in seinem Arm, seinem Körper. Dann aber, beim folgenden Übungsdurchgang auf dem Platz, geriet er ihm im entscheidenden Moment wieder zu lasch.

Chispa gab sich Mühe, auf eine ermutigende Art nachsichtig zu reagieren. Ernesto war ja noch jung. Er wäre nicht der Erste, der, bei allem sonstigen Talent, diese entscheidende Fähigkeit erst spät in sich entdeckte. »¡No te abandones!« sagte der Maestro mit einem zwischen Trost und Mitleid verwackelten Lächeln. Es würde schon noch kommen.

Inständig hoffte der Lernende, dass des Meisters Lehr- und Lebenserfahrung ihn nicht trog und dass, was ihm fehlte, wirklich noch kommen würde.

Denn es musste kommen. Es hatte nämlich Thomas Ernesto Hilpert damals in seiner jungen Seele einen Entschluss gefasst: er wollte Stierkämpfer werden.

Aber nicht einfach irgendein Torero.

Sondern Matador.

## 2

*Des Geldes wegen kämpfe ich. »Por amor al arte«*
*würde ich mich nicht vor einen Stier stellen,*
*um die Leute zu unterhalten.*
*(Jesús Janeiro Bazán, gen. Jesulín de Ubrique)*

Da Thomas Ernesto die simple Weisheit begriffen hatte, dass, vorausgesetzt man ist nicht gerade Gott, von nichts nichts kommt, übte er verbissen weiter an seinem Todesstoß. Er wäre freilich alt genug gewesen für jene andere, mehr aposteriorische Weisheit, die lehrt, dass es sehr wohl vorkommt in der Welt, dass aus Etwas nichts wird, nämlich dann, wenn es an einem anderen Etwas fehlt, eben dem gewissen. Und vielleicht war der junge Thomas Ernesto für diese Weisheit nicht einmal blind. Doch übersah er sie geschickt.

So fuhr er fort, Kraft und Schnelligkeit seines Arms sowie Standfestigkeit und Widerstandskraft seines Körpers zu trainieren. Er studierte noch mehr Stierkampfliteratur, lernte daraus viel Kluges und Nützliches über die Technik des Tötens, zog buddhistische Lehren über andere Kampfsportarten ergänzend hinzu; und wieder und wieder ging er in Biografien, Reportagen und Interviews die Selbstaussagen der großen Matadore durch, versuchend, durch Einfühlung und inneres Nacherleben in seiner Seele das geheimnisvolle und seltene Vermögen heranzuzüchten, das in jenen Passagen beschworen wurde – in einer Sprache, die meist zur einen Hälfte aus flacher Allerweltsmetaphysik und zur anderen aus einer ungelenken und vagen Bildlichkeit bestand; notgedrungen: denn wirklich in Worte zu fassen, worum es bei der Sache ging (die ja auch eigentlich keine Sache war, sondern eben ein Mysterium), das war, wie alle großen Meister einsinnig beteuerten, imgrunde ganz unmöglich.

Der suggestiv befeuernden Kraft jener Beschwörungen tat das indes keinen Abbruch. Immer noch hatte Thomas Ernesto beim Üben sowohl als beim Lesen das Gefühl, an etwas zu arbeiten und sich als werdender Stierkämpfer weiterzuentwickeln. Und tatsächlich geschah es hin und wieder, dass ihm der Maestro nach einem Übungskampf anerkennend bescheinigte, seine Estocada sei ›schon besser geworden‹. Es gab also Fortschritte. Von etwas kam etwas.

All das stärkte Ernestos Zuversicht, dass »es« schon noch kommen würde.

Es kam aber nicht, und – dieser Vorgriff sei gestattet – er erwarb es auch später nie.

Einstweilen kam stattdessen *jemand*: einer, der es hatte. Er war von weit her gekommen, hatte in Ubrique an der Escuela Taurina formlos angefragt und war nach kurzer Prüfung gleich, mitten im laufenden Ausbildungsjahr, in den Kreis der jungen Adepten aufgenommen worden, beziehungsweise, wie man es seiner Wesensart besser entsprechend formulieren sollte: war dazu gestoßen. Denn der seltsam ernste fremde Junge war von einer unbändigen, geradezu zielbesessenen

Kraft durchdrungen. Und nicht so sehr schien er von der Idee, Matador zu werden, *beseelt* (wie man das von Thomas Ernesto vielleicht hätte sagen können), als vielmehr von der spezifischen Konstitution, Energie und Tauglichkeit zu diesem Beruf gewissermaßen durch und durch *bekörpert*.

Sein Name war José Sánchez. Von ihm müssen wir im Folgenden ein Weniges erzählen.

José stammte aus einfachen, um nicht zu sagen ärmlichen Verhältnissen. Seit Generationen lebte seine Familie in einem Fischerdorf in der Nähe von El Puerto de Santa María am Golf von Cádiz. Sein Vater, Juan Fernando Sánchez, war Fischer, wie die meisten Bewohner des Dorfes; auch dessen Vater, Fernando José Sánchez, war Fischer gewesen, ebenso sein Urgroßvater, José Ignacio Sánchez. María Estrella, seine Mutter, hatte keinen Beruf – was nicht bedeutet, dass das Muttersein ihre einzige Beschäftigung gewesen wäre. Bekanntlich besteht ja das Fischereigewerbe nicht nur im Ausbringen und Einholen von Netzen, sondern auch im Aussortieren, Schuppen, Ausnehmen, Filetieren, Zerkleinern und Verpacken der gefangenen Fische. Den größten Teil dieser Arbeiten aber erledigte Josés Mutter, sobald der Vater vom Fischfang zurückgekehrt war, alleine in den späten Morgen- und frühen Nachmittagsstunden. Beim Rest ging ihr ihr Mann zur Hand, nachdem er seine Siesta gehalten hatte.

María Estrella liebte ihren Sohn zärtlich. Es haftete aber immer ein Fischgeruch an ihren Kleidern und in ihren Haaren, in denen sich die Fischschuppen ganzer

Wochen abgelagert hatten. Man konnte es sich nicht leisten, täglich die Kleider zu wechseln, geschweige denn die Haare zu waschen. Immer wenn die Mutter ihn herzte und an sich drückte, war José schon nach kurzer Zeit von Widerwillen erfüllt, so dass er sich ihr jedes Mal entwand, bevor das Maß der Zärtlichkeit voll war, das die Mutter entsprechend ihrer Liebe ihm zugedacht hatte.

Im Alter von vier Jahren hatte José erleben müssen, wie sein kleiner Bruder Juan Pepe beim Essen an der Gräte eines Schwertfischs erstickte. Der dunkelblau angelaufene Kopf mit dem offenen Mund, aus dem, noch als es schon nicht mehr atmete, der blut-vermischte Speisebrei troff, den das Kind in seinem minutenlangen Todeskampf aus sich herausgewürgt hatte, war ein fürchterlicher Anblick gewesen. Vier Ta-ge und drei Nächte hatte die Mutter nur geschrien und geweint.

Als er sechs Jahre alt war, lernte José, wie man ge-fangene Fische, die noch lebten, in tote verwandelte, indem man ihnen das Genick brach. Von nun an konn-te er seiner Mutter bei der Arbeit helfen. Und nachdem er geschickt genug geworden war, um mit Schuppei-sen und Filetiermesser sicher umzugehen, übernahm er auch Teile dieser Arbeit.

José war froh, wenn er sich an der Seite der Mutter beim Schuppen, Ausnehmen und Filetieren nützlich machen konnte. Kaum erwarten aber konnte er den Tag, an dem ihn der Vater zum ersten Mal mit auf Fang nehmen würde, um die Schwertfische zu jagen und zu töten.

Mit zehn Jahren brachte ihm der Vater bei, wie man die Harpune wirft. José lernte auch, wie man durch geschickte Dosierung der Kraft, die von den Armen auf das teils stramm anzuziehende, teils kontrolliert wieder zu lockernde Seil einwirkt, den Fisch ans Boot heranholt, ohne das Seil zu verlieren oder die Harpune abzubrechen – oder gar sich selber von dem wild herumzappelnden Fisch ins Wasser ziehen zu lassen, dessen Kraft sich zu steigern schien, je näher der verblutende Leib dem Tod kam.

Wie vielen Anfängern an der Harpune, war auch José dieses Unglück einige Male widerfahren. Dann hatte der Vater rasch das Seil ergriffen und mit all der stoischen Routine seines Metiers den Fisch eingeholt, lachend über das Ungeschick des Jungen, der vor Wut heulend in dem von Blut gerötetem Wasser planschend um sich schlug. Erst als die Beute an Bord gehievt war, warf der Vater dem Sohn eine Leine zu, und holte ihn ins Trockene. Dann drückte er ihm wieder die Harpune in die Hand und ließ ihn beim nächsten Schwertfisch sein Glück versuchen.

So übte José seine Standfestigkeit, bis ihn, stehend auf schwankendem Boot mit der Harpune im Anschlag, so leicht nichts mehr umwerfen konnte. Jetzt schleuderte er die Waffe mit genauer Kraft, zielsicher den rechten Moment abpassend, auf den dicht unter der Wasseroberfläche blitzenden Fischrücken, und wenn das Blut dann in wolkigen Schwaden aus dem tödlich getroffenen Leib pulste, versank er mit grimmiger Befriedigung auf Augenblicke ganz in diesem Rausch, und es war ihm, als ob mit dichtem, warmem, erlösendem Strahl aus dem eigenen Leib eine rote Lust ihm quoll.

Zwei Jahre später starb Josés Vater an einer der damals unter der spanischen Landbevölkerung häufig grassierenden Epidemien. María Estrella musste sich als Aushilfe bei anderen Fischern verdingen. Das Geld reichte nicht mehr zum Leben für zwei. Erst recht nicht würde es für drei reichen, denn María Estrella war, kurz vor dem Tod ihres Mannes, noch einmal schwanger geworden. Und die Sánchez' waren seit jeher gute Katholiken.

Der nunmehr knapp Dreizehnjährige musste Geld verdienen.

Es ist irgendwo einmal gesagt worden, dass der Stierkampf über Jahrhunderte hinweg *die spanischste Art, dem Elend zu entrinnen* gewesen ist. In manch ärmlicher Gegend des Landes galt das noch in den 70er Jahren des vorigen Jahrhunderts.

Auf jeden Fall galt es für den jungen José Sánchez. Abseits vom Glanz der Corridas in den großen Arenen der Städte, begann er sich im Stierkampf zu üben, indem er über die Dörfer tingelte, um auf Stierzuchtfarmen oder bei den volkstümlichen Capeas Erfahrungen zu sammeln. Hier konnte ein junger Maletilla durch Geschicklichkeit, Wagemut und improvisierte Bravourstücke erste Achtungserfolge einheimsen und Jubel und Applaus einer Zuschauerschar genießen, die überwiegend aus zwar wenig fachkundigen, dafür umso leichter zu Begeisterung entflammbaren Bauern bestand. Tat sich ein Maletilla bei einem solchen Spektakel besonders hervor, ging anschließend der Hut oder eine geschürzte Capa herum, und es regnete Münzen. Die bäuerlichen Aficionados waren dabei meist recht freigebig, ließen freilich auch oft statt der neuen 1-Pesata-Münzen ungültige alte Centimos springen, die sie loswerden wollten. Manchmal aber vergriffen sich die größtenteils volltrunkenen Spender auch zu Gunsten des Kämpfers.

Indem er zunächst mit einigem auch pekuniärem Erfolg diese Laufbahn beschritt, konnte José seine Mutter unterstützen und auch dem kleinen Schwesterlein, das bald zur Welt kommen sollte, das Überleben sichern.

Alsbald gesellte sich zum Geldsegen ein gewisser, einstweilen zwar noch regional begrenzter, dem jungen Kämpfer aber schon bald von Dorf zu Dorf vorauseilender Ruhm. Lange bevor er als promovierter Matador unter dem Namen Pez Espada seine große Karriere starten sollte, war die Anekdote legendär geworden, wie der junge Sánchez bei einer Capea den Stier zu Fall brachte, indem er der auf ihn zu stürzenden Bestie, ohne einen Zentimeter von seinem eingenommenen Posten zu weichen, einfach ein Bein stellte. Es hatte sich freilich um einen jungen, unerfahrenen und sozusagen dilettantischen Stier gehandelt, einen Eral, der noch dazu auf einem Auge blind war. Aber das Bild war spektakulär. Mit den Vorderläufen auf das Hindernis prallend, strauchelte der Jungstier, überschlug sich und blieb unter Jubel und Hohnlachen der Menge eine volle Minute wie betäubt, mit in die Luft gestreckten Hufen auf dem Platz liegen, mehrmals umrundet von dem trickreichen Sieger, der in einer Art schwerfällig derbem Triumphtanz im Glanz seines Ruhmes kreiste.

Manchmal wurden auf den Dörfern auch illegale Corridas abgehalten, bei denen auf die Maletillas Wettbeträge gesetzt wurden. Die selbstverständlich samt und sonders korrupte Veranstalterjunta heuerte die ehrgeizigen Jungen für die Kämpfe an und beteiligte sie mit einem gemessen am Risiko meist lächerlichen Prozentsatz an den Wetteinnahmen. Außer auf den Tod eines Toreros, konnte man praktisch auf jedes im Rahmen einer Corrida mögliche Ereignis wetten: etwa ob ein Kämpfer im zweiten Tercio zu Boden gehen würde; ob der Matador den Stier *al encuentro* oder *a volapié* zur Strecke brächte; ob ein Pferd aufgeschlitzt würde oder ob im soundsovielten Kampf ein unfähiger Stier durch einen Sobrero ersetzt werden musste. Die Gewinnbeteiligungen waren zwar meist, wie gesagt, recht dürftig, aber die Toreros konnten sich zusätzliche Prämien verdienen, je nachdem wie geschickt sie sich erwiesen, im Kampf die Absprachen mit den Wettbetreibern einzuhalten, so mit deren Gewinn zugleich den eigenen maximierend. Da die Stiere sich in der Regel so verhielten, als hätten sie von diesen Absprachen nichts mitbekommen, blieb ein gewisses Element von Unvorhersehbarkeit dennoch bestehen, und die Darbietung wurde für die Kämpfer zu einem ständigen mentalen Eiertanz zwischen ihrem Lechzen nach den dringend benötigten Pesos und ihrem Bestreben, die Hatz heil zu überstehen.

Es geschah im Rahmen einer solchen illegalen Corrida, dass der vierzehnjährige José Sánchez seinen ersten Stier tötete. Er machte es *recibiendo*, in der riskantesten, erregendsten und kunstvollsten Form des Tötens: fest und gerade auf der Stelle stehend, den angreifenden Stier empfangend, den er, ohne selber einen einzigen Schritt zu tun, in die Klinge gleichsam hineinlaufen ließ.

Diese *suprema suerte de matar* sollte, neben der tief ins Gesicht gezogenen Montera, zum Markenzeichen des späteren Matadors werden. Sie begründete den einzigartigen Ruhm des Pez Espada.

## 3

*Joselito und Belmonte waren Antagonisten, aber*
*Freunde, grundverschieden, aber komplementär.*
*(Rolf Neuhaus)*

Wir sehen den jungen José Sánchez wieder in der Übungsarena der Stierkampfschule von Ubrique, wo er sich mit Thomas Ernesto Hilpert darin abwechselt, mit dem Carrito den Sand zu durchpflügen, auf dass der Übungspartner bald mit der Capa, bald mit Degen und Muleta, sich in Manövern, Figuren und Todesstößen erprobe.

Rasch hatten die beiden Jungen aneinander Gefallen gefunden und sich angefreundet. Wie auch nicht? Waren sie doch derart gegensätzlich und in der Verschiedenheit ihrer Fähigkeiten beide so herausragend gut, dass sie gar nicht anders konnten als sich gegenseitig zu achten und zu bewundern. Zwischen sich fühlten sie keine Konkurrenz. Im schlimmsten Fall würde später jeder von ihnen als Matador seinen eigenen Weg gehen, und im günstigen konnte jeder vom Vorsprung des anderen auf dem Gebiet der eigenen Schwächen Nutzen ziehen. Ernesto, im Curriculum dem Neuen um ein Jahr voraus, im Lebensalter jedoch um knapp eines hinter ihm, erinnerte José an seinen kleinen Bruder, und José in seiner bulligen Gutmütigkeit, die nur auf dem Kampfplatz zeitweilig in kompromisslos brutale Entschlossenheit umschlug, erinnerte Ernesto an – Chilly, den sanftmütigen Old English Mastiff von Hilperts Nachbarn in Düsseldorf, den er als Kind so gerne als Spielkameraden und Beschützer gehabt hätte.

Zwei Dinge aber waren es, die José ihm im Kampf voraushatte: eine eiserne, schier unumstößliche Standfestigkeit, vor allem jedoch eine nahezu unfehlbare Sicherheit und Durchschlagskraft bei der Estocada. Außerdem verfügte José über Erfahrung im Kampf mit echten Stieren. Ernesto hatte Stiere bisher nur in Ställen und auf der Weide gesehen. Nie war er ihnen nähergekommen als auf eine Distanz, aus der er bei ausgestrecktem Arm mit der Degenspitze ihr Fell hätte kitzeln können. Noch übte man im zweiten Ausbildungsjahr nicht am lebenden Objekt. Arbeitete man nicht gerade alleine an der Perfektion seiner Lances, bekam man einen Kampfpartner zugeteilt, der meist mehr markierend als einfühlend den Stier mimte. Dieser Stier aber verhielt sich, wie zu Übungszwecken eben dienlich, alles in allem doch eher lehrbuchgemäß als wild.

So war der Geruch der Stiere, den sein Vater zum metaphysischen Fluidum des *spanischen Gedankens* vergeistigt hatte, auf Ernesto bis dahin nur sozusagen in hochverdünnter Potenz eingeströmt. José hingegen, der seit seinem zwölften Lebensjahr die körperliche Nähe des Stiers so oft schon gefühlt, ja diese Nähe von Anfang an gesucht hatte in seinem Bestreben, den ihm verhassten Fischgeruch des Elternhauses loszuwerden – dieser stinkenden Hütte mit der stinkenden Mutter darin mit ihren dicken warmen stinkenden Händen, denen das ständige Wühlen in aufgeschlitzten Fischleibern jeden Geruch von Zärtlichkeit und Sänfte ausgetrieben hatte – dieser José war ein werdender Stierkämpfer, der irgendwie selber nach Stier schon roch.

Was für ein seltsames Paar die beiden auf dem Kampfplatz abgaben, José Sánchez und Thomas Ernesto Hilpert: von stämmig gedrungener Gestalt der eine, erdenschwer und behäbig, ja träge fast in seinen Bewegungen, in den Schwüngen mit der Capa lässig bis zur Laschheit, stampfend mit plumpem Gesäß und schwer rollenden Schultern im Ansturm – gespannt graziös und wendig flink der andere, der seine Tuchkünste mit Verve und einer die jeweilige Formgestalt gleichsam heraustanzenden Präzision zelebrierte, als wollte er mit jedem Schwung ein Muster des Typs in die Sichtbarkeit hinein zeichnen: so sieht eine Veronica aus... das ist eine Manoletina... und das ein Galleo...

Wie verschieden aber erschienen sie erst in der Arbeit mit dem Carrito; wie verwandelten sich, geduckt hinter dem falschen Stierhaupt, ihre Körper noch einmal zu sinnfälligen Karikaturen ihrer selbst! Wenn José den Karren vor sich her bugsierte, konnte man sich vorstellen, er habe anstelle des eigenen Kopfs den des Stieres sich auf den Rumpf gesetzt, und das Stierhaupt machte an ihm nur einen Unterschied der Physiognomie, nicht der Proportionen. Als hätte José sich, ohne seinen prägenden Phänotyp zu wechseln, einfach von einem Menschen in ein mythisches Zwitterwesen verwandelt, dessen Anblick vielleicht monströs wirken mochte, aber nicht grotesk. Auf dem länglich schlanken Leib Ernestos hingegen schien die gehörnte Attrappe wie ein auf den wirklichen drauf geklebter Wasserkopf – obwohl des Jungen eigener Kopfumfang, wenn man den üppigen Lockenkranz mit einbezog, sogar größer war als der von José, auf dem das schwarze Kurzhaar rau und gedrückt wie Putzwolle krepelte. Und trotzdem glaubte man beim Spiel mit dem Karren den Originalkopf Josés und den nachgemachten des Stiers wie in ständiger Überblendung ineinander übergehen zu sehen, während man, sobald Thomas Ernesto den Karren führte, zwei voneinander getrennte Köpfe hintereinander her rennen sah, einen großen und massig schwarzen mit Hörnern, und einen kleinen, fein geformten helleren mit Locken.

Natürlich hatte José sofort instinktiv erkannt, dass ihm Thomas Ernesto in vielem, was die Kunst der Tauromachie betraf, weit voraus war; dass der andere Techniken schon sehr gut beherrschte, die er, José, erst noch erlernen musste: José, mit seinem Kampfwillen und seinem Tötungstalent der geborene, aber eben noch ungelernte Matador; dieser *ungeschliffene Diamant*, wie Chispa ihn gerne nannte, oder, um einen von uns selbst geprägten Ausdruck anzubringen, *der unabgerichtete andalusische Straßenköter*. Wie bewunderte José Sánchez all die feinen Faenas, die dieser Deutsche mit scheinbarer Leichtigkeit eine nach der anderen aus dem Ärmel zauberte, Kunststücke, deren subtile Formensprache ihm, José, einstweilen noch ein Buch mit sieben Siegeln war, und die er wahrscheinlich nie bis zu dem Grad von Eleganz und Perfektion meistern würde, wie Thomas Ernesto sie vorführte. Doch das bereitete ihm keinen Kummer. Denn er wusste auch, dass er sich all diese Techniken wenigstens soweit würde aneignen können, dass es für die Promotion zum Matador reichte, und wäre es nur mit Ach und Krach.

Etwas anderes als Matador zu sein, einfach irgendein Torero, wäre auch für José nicht in Frage gekommen. Anders aber als Thomas Ernesto, interessierte ihn die sportlich-theatrale Kunst der Corrida, ihr alt-ehrwürdiges Regelwerk, die feinen Unterschiede der Kampfstile und so weiter, imgrunde wenig. Stierkämpfer wollte José Sánchez sein, weil er Lust hatte, mit Stieren zu kämpfen; das war alles.

Soviel Sinn zwar für die artistische Seite des Stierkampfs hatte er immerhin, dass er erkannte, und anerkannte, wenn ein anderer in diesen Dingen bestechende Leistungen erbrachte. So wie eben Thomas Ernesto. Dann freute sich José und applaudierte dem Könner. Für sich selber brauchte er diese Virtuositäten nicht; die mehr oder weniger simplen Manöver, deren Technik er sich angeeignet hatte, absolvierte er, soweit es für den korrekten Ablauf des Kampfes erforderlich war. Wäre es erlaubt gewesen, hätte er dem Stier die Klinge auch ins Maul gerammt, anstatt in die vorgeschriebene Stelle im Nacken. Und wenn es möglich gewesen wäre, hätte er den Stier zur Not auch totgeprügelt, oder erwürgt wie Herakles (mit dem er, sofern man den einschlägigen antiken Darstellungen vertrauen kann, ohnehin eine entfernte Ähnlichkeit hatte). Nun schrieb das Reglement der Corrida für das Töten den Degen vor, also benutzte José den Degen. Und natürlich ist es bei der allgemeinen Natur der menschlichen Physis unmöglich, dass ein Mann selbst von der geballten Kraft eines José Sánchez einen Stier einfach erwürgt. Allein den Gedanken zu äußern aber zeigt deutlich, worum es diesem José Sánchez beim Stierkampf letzten Endes ging: um ein Messen der Kräfte, um das Niederringen der Bestie, den Sieg über die Naturgewalt – nicht mit menschlicher List, sondern mit effizient gebündelter, im Kern aber ebenso animalischer Gegengewalt.

Ganz anders der Sohn von Ernst Heinrich Hilpert, Thomas Ernesto, dessen Ziel es immer war, in der Kunst der Corrida ein Virtuose zu sein. Diesem bedeutete das Töten des Stiers nur ein Moment in einem künstlerischen Formprozess. Wohl zwar bildete der Tötungsakt den abschließenden Höhepunkt dieses Prozesses. Doch glich die Suerte de matar darin eher dem Finale einer Sinfonie, das sinnlos und hohl wirkt, hört man es abgetrennt von dem, was ihm vorausgeht, auf es vorbereitet, ja es eigentlich hervorbringt. In gewisser Weise bestanden der Inhalt und die Faszination des Stierkampfs für Thomas Ernesto gar nicht so sehr im Kampf mit dem Stier, sondern in etwas, das er – mit einem Wort, das er seit seinem vierzehnten Lebensjahr, als er es zum ersten Mal bewusst und mit Verständnis gelesen hatte, bei jeder Gelegenheit benutzte – die *Ästhetik* der Corrida nannte. Der Stierkampf war ihm ein *schönes Spiel*, dessen Zauber darin lag, *das unvernünft'ge Tier*, und zwar im Verlauf des Spiels selber, zum Verständnis von dessen Regeln zu bringen und so, vom Standpunkt des Regelwerks betrachtet, zum gleichwertigen Spielpartner des Stierkämpfers zu formen. Insofern war der Stier in diesem schönen Kampfspiel nur Mittel zu dem Zweck, das Können, die *virtūs* des Matadors zur Geltung zu bringen: die Eleganz seiner Manöver, seine Kreativität im Erschaffen bewegter Skulpturen, zusammengeschmolzen aus den so heterogenen Materialien von Mensch und Stier. Blut hätte dazu imgrunde gar nicht fließen müssen.

Weil nun aber jenes Regelwerk, der Idee von steigender Spannung und dramatischer Zuspitzung verpflichtet, ein Ende vorschrieb, bei dem das Spiel selber endgültig und irreversibel umschlug in tödlichen Ernst, ihm aber, Thomas Ernesto Hilpert, zu diesem tödlichen Ernst das Talent, vielleicht auch das letzte Quäntchen an Willen fehlte – darum war die Bewunderung, mit der er José Sánchez' Bewunderung erwiderte, bei ihm zu einem erheblichen Teil vermischt mit Neid: Neid auf diesen daher gelaufenen Neuling, der ahnungslos und gleichsam analphabetisch in die Stierkampfschule gekommen war, mit nichts im Gepäck als diesem einen, ihm unerreichbaren Talent.

Etwas Anderes gab es freilich, das dafür sorgte, dass die Neidgefühle, die Thomas Ernesto für José hegte, nicht ganz unerwidert blieben. Es hatte allerdings nichts mit Stieren zu tun.

Zuweilen erschienen nachmittags am Rande der Übungsarena einige Mädchen. Sie stellten sich an den rings den Kampfplatz umhegenden Gattern auf und verfolgten das Geschehen, und manchmal winkten sie einem der Kämpfer zu.

Besonders oft und besonders auffällig aber winkten sie, wenn es Thomas Ernesto war, der dort auf dem Sand agierte.

Und Thomas Ernesto winkte den Mädchen zurück. Machte manchmal auch mit der Capa einen galanten Schwung, der eine Art Zu-Füßen-Legen veranschaulichte, oder hob lachend mit ironischer Grandezza die Montera. Die Mädchen standen da und kicherten oder flüsterten sich etwas ins Ohr.

Es kam auch vor, dass Ernesto, in den Pausen zwischen zwei Trainingsdurchgängen oder am Ende eines Stierkampfschultags, zu den Mädchen ans Gatter trat und, im sichtlichen Genuss seiner Beliebtheit, mit ihnen plauderte und scherzte.

Manchmal winkten die Mädchen auch José zu. Nicht so häufig wie Ernesto; immer war aber doch mindestens ein Mädchen dabei, das mindestens einmal auch José zuwinkte.

Aber José winkte nicht zurück. Allenfalls nickte er knapp, tippte mit dem Finger gegen die Montera und schaute zu Boden, oder tat, als sei er mit Wichtigerem beschäftigt. Prüfte die Klinge des Degens, schüttelte die Capa aus oder wischte mit dem Schuh über den Sandboden, um die Fußstapfen und Fahrrillen zu glätten, die die letzte Kampfübung mit dem Carrito hinterlassen hatte.

Das Winken und Kichern der Mädchen schmeichelte José nicht, er fühlte sich davon verhöhnt. Es stand für ihn außer Zweifel, dass die Beachtung, die man vereinzelt ihm schenkte, nur eine Art Gnadenbrot war, das darüber hinwegtäuschen sollte, dass in Wahrheit alle Aufmerksamkeit und Beachtung nur Thomas Ernesto galten, diesem hübschen, ein wenig fremdartigen, aber darum nur umso reizvolleren Jungen mit den träumerischen Augen und den dichten blonden Locken, der bei den Kampfübungen eine so gute Figur machte. Wie musste er selber, José, daneben wirken, mit seinem bäuerisch plumpen Körper, der auf dem Kampfplatz in Bewegung erst recht lächerlich wirkte, mit seinem dicken Schädel, der platten Nase und der primatenhaften Kinnpartie. Mochte nun Ernesto oder er selber das größere Talent zum Torero haben – wer in diesem ungleichen Gespann aus Sicht der edlen Fräulein Ritter, wer Knappe war, das zumindest schien sonnenklar.

Dass der feinsinnige Exot aus dem reichen, im Vergleich mit Spanien so viel fortschrittlicheren und zivilisierteren Land Alemania inzwischen der Mädchenschwarm von El Bosque war, war längst ein offenes Geheimnis. Ernesto war ein hübscher Junge; José bestenfalls ein drolliger. Jahre später erst, als er als Pez Espada im Lauf weniger Stierkampfsaisons in den Rang der nationalen Celebrities aufstieg, sollte das Blatt sich wenden, José den Freund nicht nur in der

Kunst des Stierkampfs, sondern auch in der Beliebtheit bei den Mädchen und jungen Frauen übertrumpfen. Da flogen die Büstenhalter nur so von den Tribünen herunter, wenn der Stier unterm Degen des Pez Espada in die Knie brach. Da nannte man seine Kinnpartie markant, seinen Schädel charaktervoll und seinen Bauchansatz eine zusammengeballte erotische Kraft.

Noch aber sehen wir den jungen José Sánchez auf dem Übungsplatz stehen, wie er schüchtern ist und sich schämt und die Mädchen, die ihm winken, hasst. Nicht nur nahte José sich ihnen nicht – er lief, wenn er konnte, regelrecht vor ihnen davon. Er hätte auch gar nicht gewusst, was er ihnen sagen sollte, wenn sie mit ihm sprachen.

Diese Fähigkeit, mit den Mädchen zu sprechen, war es, um die José Ernesto am meisten beneidete. Anlass für eine handfeste Eifersucht, indem der Freund etwa ein bestimmtes Mädchen zu seiner Novia gemacht hätte, bot ihm Ernesto vorderhand nicht. Er scherzte mit den Mädchen; manchmal ging er mit ihnen ein Stück Wegs; manchmal sah man ihn mit ihnen auf der Plaza ein Eis essen. Ein einziges Mal hatte José beobachtet, wie Ernesto und eins der Mädchen sich küssten. Aber das war, wie Ernesto später meinte, nur ›einfach so‹ passiert. Für beide, ihn und das Mädchen, war es nur so eine Art lustiger Einfall gewesen, ein Capricho, eine Mutprobe vielleicht auch, ein Ausprobieren, ein neugieriges Verkosten. Nun wusste man, wie es ging und wie es sich anfühlte. Man würde es eventuell wieder tun, aber nicht unbedingt gleich, und auch nicht unbedingt mit demselben Mund. Darüber waren sie, Ernesto und das Mädchen, sich gleich einig geworden.

In gewissem Sinn war José über diese Auskunft erleichtert.

Zwar seinen Neid auf Ernestos Gabe, mit den Mädchen sprechen, ja sich, wie man doppelsinnig zu sagen pflegt, mit ihnen *unterhalten* zu können, minderte es nicht. Fragte er nämlich den Freund, worüber dieser und die Mädchen in den Pausen am Gatter redeten, gab der stets rätselhafterweise zur Antwort, es sei *über nichts* gesprochen worden. Auch das Reden geschah zwischen ihm und den Mädchen offenbar, wie jener Kuss, *einfach so. Einfach geplaudert* habe man, sagte Ernesto mit einer abwinkenden Handbewegung, und eigentlich war es diese Handbewegung, die in José den allergrößten Neid erzeugte. Denn weder wirkte die Auskunft, man habe *einfach geplaudert*, auf José wie eine Erklärung, noch als Beschwichtigung. Sie machte die ganze Sache vielmehr nur noch geheimnisvoller, und dadurch noch beneidenswerter. Wohl zwar wusste José, wie sich das Reden unter den Menschen *anhörte*, wenn sie es ein Plaudern nannten; doch hatte er nicht den dürftigsten Begriff davon, was das war: plaudern. Er konnte sich darunter nichts vorstellen. Und erst recht nicht wusste er, wie es ging.

Nur eines wusste er, dass er, wenn er je einmal ein Mädchen küsste, dies unendlich oft wieder tun wollen würde. Und das gewiss und unbedingt bei ein und demselben Mund.

## 4

*Rugía la fiera, la verdadera, la única.*
*(Blasco Ibañez, Sangre y arena)*

Vier Jahre waren vergangen. Den Stierkampf, für den er sich eine zeitlang so sehr begeistert hatte, dass er dafür sogar das Klavierspiel vernachlässigte, hatte Thomas Ernesto an den Nagel gehängt. Inzwischen volljährig geworden, war er nach Deutschland zurückgekehrt, um entsprechend seiner zweiten und, wie er nun wusste, viel größeren Begabung eine musikalische Laufbahn einzuschlagen. Seinen Entschluss, an der Hochschule für Film und Fernsehen in Potsdam-Babelsberg eine Ausbildung zum Filmmusikkomponisten und Sounddesigner zu beginnen, hatte sein Vater mit einem lachenden und einem weinenden Auge hingenommen (während sein Busenfreund José denselben Entschluss eher mit zwei weinenden Augen bedauerte). Doch eine technisch und ästhetisch so innovative und hochspezielle Ausbildung konnte ihm sein damaliges Freundes- und Vater-Land nicht bieten. Spanien hatte ihm die Stierkampfschule geboten und damit die Möglichkeit einer zweifellos ebenso hochspeziellen, allerdings alles andere als innovativen Ausbildung. Aber Thomas hatte diese Möglichkeit nicht ausschöpfen können.

In den Jahren seiner Lehrzeit hatte er sich zu einem brillanten Torero entwickelt. Durch Disziplin und zähe

Übung hatte er seinem schmalen, feingliedrigen Körper eine sehnige Geschmeidigkeit antrainiert, die entzückte, weil sie anmutig und leicht aussah und dem Kampfgeschehen etwas Spielerisches verlieh, eine beinah schwebende Grazie und in den besten Momenten einen traumartig blindsichren Schwung, der die unendliche Melodie der Tanz- und Todessinfonie, die die Corrida war, unter einen einzigen großen, nicht *ein* Mal abgesetzten Bogen fasste. Alles deutete auf eine glanzvolle Arenakarriere hin.

Selbst seine Suerte de matar hatte Ernesto mit der Zeit perfektionieren können, befeuert vom Beispiel des Freundes, das ihm dabei stets vor Augen stand. Die Sätze, mit denen José im vertraulichen Gespräch mit ihm seine Empfindungen in jenem *Augenblick der Wahrheit* zu beschreiben suchte – Sätze meist von einer scheinbar das Banale streifenden Schlichtheit und rätselhaften Dürre des Ausdrucks – diese Sätze hallten vor, während und nach den Übungen in Ernestos Gehirn nach in ihrer wuchtigen Einfalt, infiltrierten es mit ihren mantraartigen Wiederholungen, wurden ein Gefühl, eine innere Haltung, ja geradezu eine feste, in den Körper hinein gehärtete Masse, bis er endlich ihre Wahrheit fühlte wie eine eigene Erkenntnis. Und wenn auch die Sätze in ihm stets mit der Stimme Josés noch sprachen: sie hatten den Duktus angenommen von einem, der aus dem großen Buch der Natur eine Wahrheit abliest, die nicht sein privates, sondern das gemeinsame Eigentum aller ist, die die Worte verstehen. Mochte auch Ernestos Stoß in das schmale Loch im

Nacken des mummenschanzartigen Übungsstierkopfs nie jene apodiktische Unbedingtheit erreichen, mit der José das Simulacrum zu traktieren pflegte als sträubte sich sein Gehirn, den Unterschied von Übung und Ernstfall auch nur zu denken, so führte Ernesto doch in seinem letzten Lehrjahr an der Escuela Taurino den Todesstoß mit hinreichender Sicherheit und mit einer Entschlusskraft, die so glaubhaft wirkte, dass aus Sicht Maestro Chispas nichts dagegen sprach, den Adepten zu einer ersten Novillada anzumelden.

Die ersten beiden Tercios bestand Ernesto glänzend. Man feuerte ihn an, es gab viele Olés, Chispa reckte beide Daumen hoch und strahlte. Viele Mädchen winkten mit ihren Mützen von den Sonnenplätzen; einmal, als er eine besonders kühne Gaonera hinlegte (die freilich darauf berechnet war, gefährlicher auszusehen als sie in Wirklichkeit war), kreischten sie sogar laut und wie in Panik auf.

Doch Ernesto war mit seinem Kampf nicht zufrieden. Der Stier war langsam und schwach, ließ ihm kaum Gelegenheit, die besten seiner eingeübten Bravourstücke zu zeigen. Die Banderillas, für einen ausgewachsenen Kampfstier nur ein paar kitzelnde Piekser, machten dem schmächtigen Eral zu schaffen. Schon als »Baronito« in die Arena eingelaufen war, hatte José, der hinter Ernesto an der Barrera stand, ihm auf die Schulter klopfend zugeflüstert: »Das ist ein Blando, den erledigst du mit links!« Aber eben dieses mit links Erledigen war nicht Thomas Ernestos Sache. Er hatte sein Bestes geben wollen, aber das Beste, das ihm dieser Stier gestattete, blieb weit hinter seinen Möglichkeiten zurück. Nun, im dritten Tercio, der Suerte de matar, war er mit seinem Latein am Ende und lotste den sichtlich lustlosen Stier nur noch mit einer Reihe recht konventioneller Lances im Kreis um sich herum, bis die Zeit um war und das Signal ertönte.

Der Stier stand. Ernesto hatte seine Position eingenommen; die Muleta seitlich unten haltend, zielte er mit dem Degen. Der Stier hielt den Kopf gesenkt. Auf seiner Schnauze klebte Sand, und der Sand auf dem Boden unter der Schnauze war feucht von dem blutigen Schleim, der aus den Nüstern troff. Der Stier atmete schwer. Schon war sein Schnaufen durchlöchert, wurde ein Rattern. Zwischen seinen Atemzügen verging eine Ewigkeit.

Ernesto machte einen Schritt auf den Stier zu. Seine Brust hob und senkte sich, presste sich von innen gegen die Traje; das Knarren des gespannten Stoffes musste bis in die vorderen Zuschauerreihen zu hören sein. Jedenfalls in Ernestos Ohr war es so laut, dass er das glaubte. Hinter dem Stoffrauschen das eindringliche Flüstern der Sätze Josés.

Mit durchgestrecktem Arm hielt Ernesto den Estoque über dem Nacken des Stiers. Elegant und regelgerecht zugleich. Formvollendet.

In der Arena verstummten die Geräusche. Dröhnend wölbte sich wie eine Glocke über ihm die Stille. Er sah auf den gebeugten Stierkopf hinab, versuchte dem Stier ins Auge zu sehen. Doch sah er nur, wie dieses Auge irgendwie nervös flackerte, ohne dass der

Stier seinen Blick erwiderte. War es das flackernde Feuer des Hasses, auf ihn, den Bezwinger, gegen den er sich nicht mehr wehren konnte, oder nur das letzte Zucken der vergeblichen Anstrengung, seinen Kopf, den schweren Stierkopf, noch einmal hochzuwerfen, um ihm die Hörner in die Eingeweide zu rammen und diesem Matador, dem Töter in seiner trügerischen Siegerarroganz, den Garaus zu machen?

Aber der Kopf kam nicht mehr hoch. Aus des Stieres sprichwörtlich starken Nackenmuskulatur war alle Kraft gewichen. So sehr er sie anzuspannen versuchte, aller zusammengeraffte Wille reichte nicht aus, diesen Kopf mit den tödlichen Hörnern auch nur einen Millimeter zu heben. Unentwegt rief Ernesto die Sätze ab, Josés Sätze, seine Sätze. Da die fest gewordene Wahrheit des Körpers nicht unmittelbar in Tat umschlug, musste er sie noch einmal zu Sätzen verflüssigen, den Willen herausdestillieren aus diesem mentalen Eigendoping.

Die Kraft im Arm ballte sich, die Degenspitze vibrierte. Auf den Rängen machte sich eine raunende Ungeduld breit, wie eine Sichel fauchte sie über Ernestos Kopf. Jemand rief ¡Peón!

Ernesto ging vor dem Stier in die Knie. Neigte seinen Kopf über den Kopf des Stiers. Fasste den Stier an dem wolligen Schopf zwischen den Hörnern. Streichelte, kraulte ihn dort. Dann erhob er sich langsam. Als hätte in seinem Rücken jemand eine Pistole auf ihn gerichtet, der wie in einer billigen Polizeiserie *Keine falsche Bewegung* rief, und dann: *Die Waffe weg!*

Ernesto warf sie weg.

Torkelnd flog der Degen durch die Luft, fiel mit der Spitze voraus zu Boden, bog sich ein wenig, prallte noch einmal ab und hüpfte hoch, fiel wieder und blieb schließlich liegen im Sand, wie tot, fast schon begraben, das nutzloseste Ding auf Erden. Dann drehte sich Ernesto um und verließ mit gesenktem Kopf die Arena, während die dröhnende Schweigeglocke in allgemeines Buhen und Murren zerschmolz.

Die Musik setzte ein. Es war zu Ende.

Hinter sich hörte er den dumpfen Aufschlag des fallenden Stierkörpers, den der rasch herbeigeeilte Puntillero soeben von seinen Leiden erlöst hatte.

## 5

*Los toros tienen cojones;*
*pero las cabras tambien te pueden cornear*
*(Stierkämpferjargon)*

Weil sie in dem Gefühl aufgewachsen war, eine Prinzessin zu sein, empfand es Blanca Isabel Hernández y Ruiz nur als folgerichtig und gerecht, als sie im Jahr 198*, im Alter von sechzehn Jahren, zur Königin gekrönt wurde.

Eine aus Olivenzweigen geflochtene Krone hatte an diesem Festtag ihr hübsches schwarzgelocktes Köpfchen geziert, und von da an durfte sie dies Köpfchen in regelmäßiger Folge zum Empfang des begehrten Schmuckstücks hinhalten, fünf Jahre lang jeden Herbst, wenn unter den jungen Mädchen der Comarca Campiña de Morón y Marchena die Wahlen zur *Reina de las Olivas* abgehalten wurden.

Blanca Isabel war die späte Frucht der Lenden Alonso Miguel Hernández' aus Morón de la Frontera, zu jener Zeit angesehenster und wohlhabendster Olivenbauer der Gegend. Blanca hieß das Kind wegen des ungewöhnlich hellen, milchigweißen Schimmers, in dem ihre Haut vom ersten Tag an erglänzte und der an den Saft von *Lechin de Sevilla* erinnerte, der Olivensorte, die auf der Hazienda Hernández vorzugsweise angebaut wurde. Ihren zweiten Vornamen aber hatte sie zu Ehren ihrer Mutter, Isabel Asunción Ruiz, erhalten, die kurz nach der Geburt gestorben war.

Der Ruhm des Familienunternehmens der Hernandez' befand sich damals nachgerade auf dem Zenit. Den vorzüglichen, weit über die Grenzen der Comarca hinausreichenden Ruf seiner Oliven, namentlich der aus ihnen gewonnenen Öle, hatte Ende des 19. Jahrhunderts Blancas Urgroßvater, Miguel Alonso, begründet, seinerzeit Hauslieferant der Küchenchefs des Herzogs von Osuna. Für die besondere Güte seiner Produkte war Miguel Alonso einmal sogar mit einer königlichen Medaille ausgezeichnet worden. Das war im Jahr 1908. Seit jener Zeit war die Hazienda von Generation zu Generation auf den jeweils ältesten Sohn weitervererbt worden, und mit ihr das Prinzip »Qualität aus Tradition«, dem Alonso Miguels Vater, Pedro Alonso Hernández, ebenso verpflichtet gewesen war wie später er selbst es sein sollte.

Bis weit in die 70er Jahre dürfte es im Umkreis eines Tagesritts mit dem Esel kaum eine Hausfrau gegeben haben, die es nicht als absolute Ehrensache betrachtete, dass in ihrem Haushalt nur *das gute Öl von Hernández* auf den Küchentisch kam. Bald nach ihrer Einführung gewissermaßen Teil der regionalen Folklore geworden, sicherten so die beliebten bauchigen grünbraunen Flaschen über viele Jahrzehnte den Wohlstand der Hernández', und unangefochten blühte dieser Wohlstand noch zu der Zeit, als Blanca Isabel auf der Hazienda ihrer Vorfahren heranwuchs, gehätschelt und umsorgt nach Art eines sogenannten Nesthäkchens unter der dreifachen männlichen Obhut ihres Vaters und der beiden fast schon erwachsenen Brüder, Raúl Alonso und Alejandro Miguel. Gemessen an den wirtschaftlichen und sozialen Verhältnissen, die damals in weiten Teilen des ländlichen Spanien noch herrschten, hätte man das Mädchen ohne weiteres als höhere Tochter bezeichnen können.

Der zwar nicht verschwenderische, doch solide Luxus, der sie von Anbeginn umgab, machten aus ihr mit den Jahren eine junge Frau, die daran gewöhnt war, immer zu bekommen, was sie wollte, und wegzuwerfen, was sie nicht mehr brauchte. Namentlich die Verwöhnungen, die sie durch den von Stolz auf das schöne Kind erfüllten Vater erfuhr, sollten in ihr ein eigensinnig kapriziöses Wesen fördern, erfüllt von einem Selbstbewusstsein, das deutliche Züge von Hochmut trug.

Doch ab Mitte der 80er Jahre begannen die Umsätze der Hazienda zusehends einzubrechen. Immer mehr Hausfrauen kauften jetzt das massenhaft in den Fabriken produzierte Öl, das zu viel niedrigeren Preisen in den Supermercados der Städte angeboten wurde. Die alten qualitätsbewussten Kundinnen starben dahin, und von den potenziellen neuen scheuten viele den Weg zu dem entlegenen Gehöft, oder hatten einen Beruf ergriffen, der ihnen nicht mehr die Zeit zum Kochen ließ, wenn er sie nicht überhaupt vom Land weg in die Städte gezogen hatte. Von Jahr zu Jahr musste Hernández immer größere Teile seiner Ernte an die Fabriken verkaufen, die den Bauern die Preise mehr oder weniger diktierten.

Auch jene Misswahlen, bei denen jedes Jahr ein hübsches Mädchen aus der Region zur Reina de las Olivas gekürt wurde, sanken mehr und mehr zum folkloristischen Ornament herab, das nach außen die Intaktheit einer Kultur vorgaukelte, die in Wahrheit in unaufhaltsamem Niedergang begriffen war. Und so sehr ihre regelmäßigen Krönungen die Olivenkönigin Blanca Isabel auch erfreuten und ihrer Hoffart Nahrung gaben, sie konnten auf Dauer nicht darüber hinwegtäuschen, dass es mit der königinlichen Familie wirtschaftlich zunehmend bergab ging.

Viele der kleineren Olivenbauern ringsum verloren in dieser Zeit ihre Existenz, und selbst ein Olivenölmagnat wie Hernández musste sparen wo es ging. Im Jahr von Blanca Isabels dritter Krönung war der Patriarch schon nicht mehr in der Lage, genügend Tagelöhner für das Einholen der Ernte anzuheuern.

Auch die innerfamiliären Arbeitskraftressourcen schwanden dahin. Raúl Alonso, der ältere der beiden Söhne, hatte vor Jahren im Rahmen eines Ehrenhändels einen Rivalen abgestochen und saß seitdem auf unabsehbare Zeit im Gefängnis. Zwar auf die Mitarbeit seines Zweitgeborenen hatte Hernández bis vor kurzem noch zählen können, zumal dieser sich Hoffnungen machte, aufgrund der dauerhaften Wegsperrung des Stammhalters alsbald in der Erbfolge aufzurücken. Miguel Alejandro aber, dem Charakter nach kein geringerer Taugenichts als sein Bruder, engagierte sich seit einiger Zeit in einer Jugendgruppe, deren Mission darin bestand, in Motorradkonvois die abenteuerlich gewundenen Passstraßen der zwischen Morón und Ronda sich staffelnden Gebirgszüge hinauf und hinunter zu brausen. Letzten Sommer war er dabei tödlich in eine Schlucht gestürzt, was ihm natürlich auch irgendwie Recht geschah, andererseits aber schon ziemlich schlimm war. So blieb aus der eigenen Sippe am Ende nur Blanca Isabel, das zarte Mädchen, um an der Seite des Vaters bei der Ernte Hand anzulegen.

Das tat sie allerdings widerwillig und von ständigen gequälten Maulereien begleitet. Es machte die Olivenkönigin nämlich kein Hehl daraus, dass für sie das kraft- und zeitraubende Herunterrütteln der Früchte von den Bäumen eine herbe Zumutung bedeutete, imgrunde schlichtweg nicht standesgemäß war.

Indem er sie immer seine Prinzessin nannte, hatte der Vater in Blanca Isabel einen Geist hineingerufen, den das Mädchen nun nicht mehr loswurde. Standesdünkel und rebellisches Aufbegehren gegen Herkommen und patriarchale Autorität durchdrangen sich in diesem Geist in recht eigenwilliger Synthesis. Um sich vor den missliebigen Arbeitseinsätzen zu drücken, war Blanca I. jeder Vorwand recht. Mal schützte sie allgemeine Unpässlichkeit vor, mal verwies sie auf die Anfälligkeit ihrer hellen Haut für Sonnenbrände, die auf Dauer nicht nur eine Minderung ihrer doch auch eine Art Kapital darstellenden Schönheit, sondern auch irreparable, wenn nicht gar tödliche Schädigungen des Gewebes bewirken konnten. Als stärkstes Argument aber diente ihr, wenn sonst nichts weiterhalf, das Lernen für die Schule.

Auch früher schon hatte sich die höhere Tochter immer wieder mit dem Anschlagen der ehernen Glocke der Bildung vor den sonntäglichen Kirchgängen gerettet, die sie damals nicht minder langweilten als jetzt die Arbeit in den Hainen. Selbst ein traditionalistisch gesinnter, katholisch-königstreuer spanischer Patriarch aber musste begreifen, dass in der modernen Zeit ein höherer Schulabschluss mehr zählte als fleißige Hände beim Beten und Arbeiten. Zog also Blanca Isabel mit der Begründung, sie habe noch viel für die Schule vorzubereiten, vom Feld ins Haus sich zurück, so ließ der Vater sie gewähren. Zumal die exzellenten Zeugnisse, die sie regelmäßig vorweisen konnte, auch dafür zeugten, dass dieser Lerneifer ihr keineswegs nur als Vorwand diente.

An der Schule empfing Blanca Isabel Anregungen, die den Horizont des Vaters weit überstiegen. Sie ging gerne hin, denn sie lernte leicht und schnell. Am eifrigsten tat sie sich in den Fächern hervor, bei denen es viel in Büchern zu lesen gab. In der Oberstufe begann sie außerdem, mit wachsender Begeisterung ins Kino zu gehen. Die Schule und das Kino waren gewissermaßen die Bindeglieder zwischen dem Traditionalismus, der ihr häusliches Umfeld prägte, und der modernen Zeit, deren Geist durch diese Kultureinrichtungen hindurch von den großen Städten her unaufhaltsam noch in die rückständigsten Teile des Landes hinein wehte. Unter anderem machte damals im spanischen Kino ein junger homosexueller Regisseur mit schrillen Bildern, exaltierten Charakteren und zeitgemäßen Geschichten Furore. Neben den Büchern, die sie verschlang, sog Blanca Isabel solche Filme förmlich in sich auf.

Gerne hätte sie ihr glänzendes Abschlusszeugnis, das sie im Sommer 199* nachhause brachte, dem Vater als gleichzeitiges Abschiedsgesuch vorgelegt. Sie wollte sofort anfangen zu studieren, am besten im Ausland, um dann einen Beruf zu ergreifen, der sie in der Welt herum führte. Der Vater aber wollte sie noch nicht gehen lassen. Klimatische sowohl als ökonomische Tendenzen ließen befürchten, dass ein besonders schwieriges Olivenjahr anstand, in dem auf der Hazienda jede verfügbare Hand gebraucht werden würrde.

Blanca Isabel hätte darüber schier verzweifeln können. In ihrer Vorstellung gerann das Olivenöl immer mehr zu einem zähen Leim, der sie für alle Zeiten an der heimatlichen Scholle festzukleben drohte. Ganz im Sinne eines ihrer Lieblingsfilme sah sie sich selber bald als Frau am Rande des Nervenzusammenbruchs. »Schon wieder Reina de las Olivas, gähn«, dachte sie bei ihrer vierten Krönung.

Das Schicksal ihrer Brüder schien sie zur künftigen Gebieterin über ein Olivenimperium bestimmt zu haben. Innerlich jedoch hatte Blanca Isabel die Olivenkrone längst abgelegt und sich eine andere aufgesetzt, eine immaterielle. Es fehlte dazu nur noch das passende Reich.

José Sánchez, der junge Matador, der schon in Madrid und Sevilla erste Triumphe hatte feiern können, wurde auf Blanca Isabel aufmerksam, als sie gerade zum fünften Mal in Folge gekrönt worden war. Das in den Regionalzeitungen erschienene Bild zeigte das reizende Mädchen geschmückt mit der Olivenkrone in einem traditionellen Kleid, das die Brust betonte. Sie hatte ein bezaubernd feuchtes Lächeln und herausfordernde Augen und einen ganz leichten Oberlippenflaum, was für die meisten Männer, die wie José in einfachen Verhältnissen aufgewachsen waren, als Anzeichen von Rassigkeit, heißem Blut und überdurchschnittlicher Fertilität galt.

So suchte also José Sánchez die Hazienda von Alonso Miguel Hernández y Ruiz auf und bat um Erlaubnis, der Tochter des Hauses zu ihrer sensationellen Erfolgsserie persönlich gratulieren zu dürfen.

Der Olivenbauer witterte Morgenluft. Die Verbindung seiner Prinzessin mit einem berühmten Stierkämpfer konnte die Rettung sein. Traumhochzeit: Matador heiratet Olivenkönigin – wenn ¡Hola! und *Pronto* das nicht als Inbild des spanischen Glücks schlechthin verkaufen konnten! Es wäre die beste Werbung, die sich denken ließ. Vielleicht konnte er den zukünftigen Schwiegersohn sogar dazu überreden, sein allbekanntes markantes Konterfei für die Etiketten der Hernándezschen Premium-Produktlinie herzugeben. Nur so eine Idee.

Alonso Miguel war seither ganz in diesem seinem spanischen Traum befangen. Blanca Isabel aber hatte durchaus anderes im Sinn. Sie träumte längst keine spanischen Träume mehr, sondern europäische, internationale. Ein volles Jahr seit Beendigung der Schule hatte sie sich um nichts als Oliven, Ölbäume, Ölpressen und Öltanks gekümmert. Sie kam sich bald vor wie bei lebendigem Leib einbalsamiert in Olivenöl.

Der junge Stierkämpfer hatte eine eigene Wohnung in Sevilla. Dort gab es eine Universität, an der man studieren konnte.

Im Übrigen gefiel ihr José.

So beschloss Blanca Isabel kurzerhand, in einem Streich dem Vater seinen spanischen Traum zu erfüllen und sich selbst ihrer, wie sie keck es nannte, *postiberischen Wirklichkeit* näher zu bringen. Sie verlobte sich mit dem Matador. Mit José Sánchez, dem Pez Espada, Traumschwiegersohn jeder urspanischen Mutterkuh. Im Oktober 199* verließ sie das Vaterhaus und zog zu José nach Sevilla.

An der Universität begann sie ein Studium in einem Fach, von dem José nichts verstand. Er hatte schon Schwierigkeiten, den Namen der Fakultät auszusprechen, in der seine schöne Novia nun eingeschrieben war. Wenn sie versuchte, es ihm zu erklären, kamen häufig Wörter wie Austausch, Vernetzung und Wechselbeziehung vor, außerdem die Adjektive international, global und kulturell. Das Studium machte den häufigen Besuch von allen möglichen Film- und Theateraufführungen und von Konzerten mit merkwürdiger Musik erforderlich, Veranstaltungen, denen José

im Allgemeinen nicht viel abgewinnen konnte. Stierkämpfe gehörten nicht dazu.

Der Vater drängte von Morón de la Frontera aus auf
Heirat und die Gründung einer Familie, Vorhaben, denen sich die Tochter einstweilen jedoch widersetzte.
Sie wollte zuerst ihr Studium abschließen und sich eine
unabhängige Existenz aufbauen, wie sie es nannte. Bei
einem Matador als Mann konnte man schließlich nie
wissen. Der Vater fraß den Grimm in sich und strafte
die Tochter mit sturem Schweigen.

José indes beugte sich ihren Argumenten überraschend geschmeidig. Er war glücklich, mit dem schönen jungen Mädchen zusammenleben und tagtäglich
diesen einen und selben Mund küssen zu dürfen. Zumal Blanca Isabel, seit sie ihr Studentinnenleben führte, regelrecht aufblühte und es ihn auch sonst in der
Liebe an nichts fehlen ließ. Gewiss, ihre Heiratsverwei-
gerung bedeutete einen Angriff auf ein Wertesystem,
das in dem Matador das Gefühl einer Art Geistesver-
wandtschaft mit dem Olivenbauern begründete. José
aber verstand es, diesen Angriff zu parieren mit dem
souveränen Lächeln der Gewissheit, die Widerspens-
tige alsbald, nachdem sie sich erst müde gelaufen
hätte, umso sicherer und endgültiger bezwingen zu
können. Am Ende würde sie selber ihn noch um jenen
letzten Streich bitten, ja ihn erbetteln, und so ihn, José,
darin bestätigen, dass die Stierkampfschule für den
Mann zugleich eine Schule des Lebens ist.

All das machte es José leicht, seinen Heiratswunsch,
den er selbstverständlich im Innersten hegte, gegen-

über Blanca Isabels Wünschen zurückzustellen. Einstweilen genügte ihm das Versprechen und die Liebe.

Einig war sich das Paar indes, im folgenden Sommer eine längere Reise zu unternehmen. Würde es nun auch keine Hochzeitsreise sein, wie José sich das anfangs vorgestellt hatte, es konnten ja trotzdem so etwas wie Flitterwochen daraus werden.

Nach allem, was bisher erzählt worden ist, dürfte es kaum erstaunen, dass das Ziel dieser Reise das gerade erst als künftige deutsche Hauptstadt ausgerufene Berlin sein sollte. Schon lange war es Josés Wunsch gewesen, dort den Freund, den er immer noch für seinen besten hielt, zu besuchen. Er würde Ernesto seine Braut vorstellen, und sie würden zusammen *um die Häuser ziehen*, saufen und von den alten Zeiten schwärmen.

Blanca Isabel war mit diesem Plan mehr als einverstanden. Schließlich galt Berlin damals als innovativste, aufregendste, bunt-vielfältigste, beziehungsweise, wie das alles nun kurz und sinnfrei hieß, als *hipste* Stadt Europas. Was den Austausch, die Vernetzung und die Wechselbeziehungen betraf, konnte es für eine weltoffene und an allem Neuen interessierte Studentin kein besseres Reiseziel geben. Nicht wenige Kommilitoninnen und Kommilitonen beneideten Blanca schon im Vorfeld um diese einmalige Chance.

Auch freute sie sich darauf, endlich einmal den einstigen Busenfreund ihres Verlobten kennen zu lernen, mit dem dieser, wie er witzig zu sagen pflegte, *die Stierkampfschulbank gedrückt* hatte: jenen von ihm, José, so hoch gepriesenen, ja geradezu verehrten Thomas Ernesto, dem angeblich so erstaunlichen Stierkampftalent, der ein in seiner Art ebenso fabelhafter Torero wie er, José, hätte werden können, der dann aber urplötzlich – aus Gründen, auf die der Matador nicht näher eingehen wollte, weil er sie angeblich nie verstanden hatte – in sein Heimatland zurückgekehrt war, wo er nun, um es abermals mit Josés Worten zu sagen, *irgendwas Neumodisches mit Musik* machte.

Schon im März kündigte José ihren Besuch im Sommer an. Wie er sich schon auf die Abende freue, die sie in Berlin zu dritt verbringen würden, schrieb er dem Freund. *Oder auch zu viert*, fügte er noch hinzu, *denn wie ich dich kenne hast du ja sicher inzwischen auch eine Freundin.*

Thomas Ernesto antwortete ausführlich, allerdings mit nicht ganz dem Überschwang, der der von José gemachten Vorlage entsprochen hätte. Er und seine Verlobte seien ihm selbstverständlich jederzeit willkommen, schrieb Thomas E.; er könne ihnen auch ein Zimmer organisieren, *in einer geilen Altbaubude auf dem Prenzlberg*. Mit Balkon, kein Problem. Er selber zwar sei *derzeit mal wieder solo*, aus unterschiedlichen Gründen, darunter nicht der letzte, dass er gerade mit seiner Diplomarbeit *mega-beschäftigt* sei: dem Soundtrack für einen Langfilm, mit dem sich einer seiner Kommilitonen für ein Postgrad-Programm an der School of Communication, Film and Media Arts Division in Washington bewerben wolle – sodass ihm im Moment *praktisch null Zeit* blieb, abends auszugehen, um *irgend-*

*welche Chicas abzuschleppen.* Für sie beide jedoch, José und Blanca Isabel, habe er sich fest vorgenommen, *den ein oder anderen Termin freizuschaufeln.* Vielleicht könnte man sich ja *irgendwann mal auch allein zu zweit treffen,* schrieb Thomas E. abschließend, *also: solo tú y yo!*

Blanca Isabel erklärte José, was ein Soundtrack war und was ein Postgrad-Programm, woraus die Wichtigkeit der Tätigkeiten hervorging, die Thomas E. davon abhielten, sich seinen Gästen ausgiebiger zu widmen. Verschnupft täuschte José Verständnis vor. Alsbald aber überwog wieder die Vorfreude. Rasch ging das Semester herum, der Sommer kam. Kurz vor der Abreise schrieb José Ernesto sinngemäß noch *Leg die Ohren an, Alter, wir kommen!* – und dann flogen sie nach Berlin.

Thomas E. hatte sie vom Flughafen abgeholt und zum Mittagessen, das er Lunch nannte, in ein Indisches Restaurant in der Nähe vom Kollwitzplatz geführt. Blanca Isabel war begeistert von der exotischen Küche, die sie, ebenso wie José, noch nie genossen hatte. Dieser war anfangs voller Bedenken gegen die *komische Comida* – »¿Cómo? No vaca?« – , zögerte aber nicht, mit dem Freund gleichzuziehen, als der sein Chicken Vindaloo extrascharf bestellte.

Danach brachte Thomas seine Gäste zu ihrer Unterkunft und verabschiedete sich von ihnen bis auf den Abend.

Die Liebe ließ ihnen kaum Zeit, ihre schöne helle Altbauwohnung sowie den Balkon (der allerdings wegen Baufälligkeit gesperrt war) zu bewundern. Sie stellten die Koffer im Flur ab und steuerten schnurstracks das Bett an. Zwar ein Bett konnte man das eigentlich kaum nennen; es war nicht viel mehr als eine flache Matratze in einem Holzrahmen, der, kaum höher als eine Treppenstufe, auf vier kurzen Pflöcken stand. In so ein Bett musste man nicht erst steigen: die in ihrem Rahmen wie ausgestellte, auf sich selbst als das Wesentliche hinweisende Matratze empfing einen sozusagen *recibiendo*: im vollen Lauf glitt man nur so hinein. Und in wenigen Minuten fühlten José und Blanca Isabel das ganze Glück einer Hochzeitsreise ohne Hochzeit.

Danach stand José auf, ging pissen, zog die Vorhänge zu und legte sich wieder ins Bett. Es war Zeit für die Siesta.

Entgeistert richtete sich Blanca Isabel neben ihm auf.

»Siesta? Wir sind in Berlin!«

»Was hat das damit zu tun?«

»Wir sind zusammen in der coolsten Stadt Europas, und du willst den halben Nachmittag in dieser Bude verpennen?«

»Siesta ist Siesta«, befand José. »Die Stadt ist auch am Abend noch interessant.«

Blanca Isabel angelte nach ihrem BH.

»*Vale*«, sagte sie, indem sie ihre Brüste festschnallte, »mach was du willst, ich will jetzt was erleben hier!«

»*Pásalo bien*«, murmelte José. Als sie zu ihm hinsah, hatte er schon seine Augenbinde umgelegt.

Sie gab dem schon halb Dösenden einen Kuss, zog sich an, packte Digicam und Reiseführer in die Handtasche und ging hinaus auf die Straße. Besser vielleicht, José schlief, überlegte sie, als sich mit ihr in all den Museen und Galerien zu langweilen, die sie aufzusuchen gedachte.

In ähnlicher Weise verliefen die folgenden Nachmittage. José hielt seine Siesta, während Blanca Isabel etwas erlebte. Sie erkundete die Gegend, fuhr Straßen- und U-Bahn, ging in Museen und Galerien und verewigte zahlreiche Sehenswürdigkeiten.

Am ersten Tag hatten sie sich noch einmal spät abends mit Thomas Ernesto in einer Bar getroffen. Es gab viel zu erzählen und zu trinken. Verträumt lauschte Blanca Isabel den Jugendanekdoten der beiden Freunde, die dabei viel und laut lachten und sich immer wieder krachend auf die Schultern hauten. Wacher wurde sie, als das Gespräch auf Thomas' Studium und seine Arbeit kam. Erfreut nahm der angehende Filmmusikkomponist zur Kenntnis, dass die Spanierin überwiegend dieselben Filme gut fand wie er. Überhaupt entpuppte sich die Verlobte des Freundes im Lauf des Abends als wahre Cineastin. Nicht nur kannte sie fast alle interessanten, beziehungsweise, wie Thomas es nannte, *relevanten* neuen Filme, sie wusste auch, welche Soundtracks gerade für den Oskar nominiert waren; bei einigen kannte sie sogar die Namen der Komponisten.

Nach diesem Abend musste Thomas Ernesto seine spanischen Freunde bis zum Wochenende vertrösten.

Es war am Nachmittag vor dem geplanten Treffen, als Blanca Isabel in dem neuen Kleid, das sie sich gerade in einem sehr innovativen Klamottenladen gekauft und gleich anbehalten hatte, im strahlenden Sonnenschein die Kastanienallee entlang flanierte, wo sie Thomas Ernesto in einem Café sitzen sah.

»¡Hola!«, winkte sie und setzte sich zu ihm. Einen Kaffee konnte sie jetzt auch gut gebrauchen.

Thomas klappte die Spex zu, in die er gerade noch vertieft gewesen war, und sagte ebenfalls »¡Hola!«

»Kreative Pause?«, fragte Blanca Isabel und zwinkerte durch Sonnenbrillengläser.

»Was in der Art«, sagte Thomas. »Studio ist hier um die Ecke. Schönes Kleid. Neu?«

»Ja. Mal was anderes!«

»Steht dir gut! Wo ist José?«

Sie nahm sich eine Zigarette.

»Siesta«, nuschelte sie, indem sie das Feuer annahm, das er ihr gab.

Thomas lachte. »¡Claro! Ohne Siesta ist er ja zu nichts zu gebrauchen.«

Sie zuckte die nackten Schultern.

»Und du, Blanca? Brichst mit dieser ehrwürdigen Tradition?«

Sie schob die Sonnenbrille hoch in ihr glänzend schwarzes Haar.

»Ach weißt du. Wenn *ich* mich am helllichten Tag hinlege, dann bestimmt nicht zu einer scheiß Siesta!«

Erst jetzt fiel ihm auf, dass ihre Augen ganz hellblau waren.

Die folgenden Geschehnisse sind von einer derartigen Banalität, dass kein Novellenschreiber, der auch nur halbwegs über Geschmack verfügt, sie ohne größtes Widerstreben wiedergeben kann. Wir werden uns also darüber so kurz wie möglich fassen.

Thomas Ernesto zeigte Blanca Isabel sein Studio, wo sie fickten. Das Treffen am Abend sagte er bei José per SMS ab, einen katastrophalen Bug seiner Soundbearbeitungssoftware vorschützend. Blanca erklärte José, was ein Bug war und all das.

Zu Josés schmerzlichster Enttäuschung fand in Berlin aber nicht nur dieses Treffen nicht statt, sondern auch nicht das von Thomas versprochene *solo tú y yo*. Vielmehr sah der Matador seinen Jugendfreund während der ganzen zwei Wochen in Berlin kein einziges Mal mehr.

Unterdessen trafen sich dieser und Blanca Isabel jeden Nachmittag, während José unter seiner traditionellen Augenbinde die Siesta hielt.

Am Tag der Abreise telefonierte Thomas noch einmal mit José, um sich zu verabschieden, wobei er seinem tiefen Bedauern Ausdruck gab, *nicht mehr Zeit für euch beide* gefunden zu haben.

Erst einige Tage nach ihrer Rückkehr nach Sevilla eröffnete sich Blanca Isabel ihrem vollkommen ahnungslosen Verlobten, der sie daraufhin ohne weitere Worte vor die Tür setzte.

Die also Entlobte zog erst einmal zu einer Freundin, packte aber wenige Wochen später schon wieder ihre Koffer und stand eines Mittags im September bei

Thomas Ernesto in Berlin vor der Tür. Der erklärte ihr erstmal, dass das alles nicht so gemeint gewesen war. Immerhin ließ er sie ein paar Nächte bei sich schlafen und schlief auch noch ein paar Mal mit ihr, bis seine derzeitige Freundin aus dem Kurzurlaub, den sie mit ihrer Schwester auf Hiddensee verbracht hatte, zurückkam. Dann setzte er Blanca Isabel in das nächste Flugzeug nach Sevilla, indem er ihr empfahl, sich mit José, der doch ein wunderbarer Kerl war, zu versöhnen. Woran sich Blanca Isabel jedoch nicht hielt, weswegen sie in dieser Geschichte auch nicht mehr auftreten wird. Sie soll später einen Bananenplantagenbesitzer auf Teneriffa geheiratet und dort ein sehr innovatives Agriturismo-Hotel eröffnet haben.

# II. Teil

## 1

*I love you, but I've chosen Entdramatisierung.*
(René Pollesch)

Thomas hatte Renate in der Volkshochschule kennengelernt. Sie war die Dozentin des Kurses *Verarbeitung akustischer und musikalischer Information im menschlichen Gehirn*, den er in einem Anfall von spätem Wissensdurst belegt hatte, eins der vielleicht letzten Abwehrgefechte gegen den Absturz in Routine und Sterilität, von dem er seine tonsetzerische Arbeit nach nunmehr fast zwanzig Jahren bedroht fühlte.

Als der Filmmusikkomponist am Donnerstagmorgen ungefähr der zehnten Kurswoche mit der Erkenntnis erwachte, dass er in die Dozentin verliebt war, wurde ihm klar, dass sich in seinem Leben etwas Grundlegendes geändert hatte. Mit ihrer Intellektualität, ihrer unauffälligen Eleganz und der auf den ersten Blick unterkühlt wirkenden ruhigen Bestimmtheit, mit der sie vor der Klasse aufzutreten pflegte, unterschied sich die promovierte Neurologin und Hirnforscherin von seinen bisherigen Liebschaften und mehr oder weniger flüchtigen Beziehungen auffällig. Renate war groß und schlank, hatte kurzes Haar und trug gern streng geschnittene Hosenanzüge, in denen sie selber aber sehr weich aussah. Wenn sie dozierend durch die Reihen ging oder vor dem tabellenflimmernden Screen des Overheadprojektors agierte, flossen die Bewegungen ihrer Körperteile in einer Art graziösem Adagio ineinander. Auch ihre Stimme machte keine großen Sprünge. Monoton fast spulte sie ihre wohlgesetzten Sätze ab, ohne sich je durch ein Äh und Öh oder gar durch eine Wortwiederholung oder Verbesserung zu unterbrechen. Nur am Ende eines Satzes fügte sie manchmal ein rhetorisch Bestätigung heischendes *hmm?* an, mit dem sie den Hörer wie in eine Verschwörung zum Guten und Wahren hineinzog. Renates Gesicht aber rief in Thomas Erinnerungen an das seiner Mutter als junge Frau wach, eine Reminiszenz, der er in der Wahl seiner Sexualpartnerinnen bisher mit instinktiver Konsequenz aus dem Weg gegangen war. An Renate jedoch erschien ihm diese, freilich gleichsam erweiterte und verbesserte, um nicht zu sagen veredelte Neuauflage des vertrauten Originals auf einmal schön. Es versetzte ihn in eine Aufregung, die in sich zugleich das Versprechen einer lange währenden Besänftigung barg. Nicht zuletzt gefiel sich der Filmmusikkomponist in der Rolle des erfahrenen Kenners, dessen wesensschauender Blick durch die mehrfach gewickelte Folie all der Unauffälligkeiten hindurch, von denen Renates äußere Erscheinung umhüllt war, eine tiefe Sinnlichkeit glimmen sah, Vibrationen einer Energie, die aber vielleicht mehr Strahlung war als Flamme, und die gerade deshalb im Licht des Tages und der Öffentlichkeit sozusagen herunter gedimmt werden musste – aus Sicherheitsgründen.

Am Rande eines nach Kursschluss stattfindenden persönlichen Gesprächs stellte sich heraus, dass die Dozentin mit Thomas eine Reihe weiterer Interessen und Vorlieben teilte, darunter insbesondere die für das Land Spanien, dessen Sprache auch sie fließend beherrschte.

Renate hatte Spanien oft bereist und auch schon einmal ein Forschungsjahr in Madrid absolviert. Dem Stierkampf indes konnte die Hirnforscherin nicht viel abgewinnen, im Gegenteil stand sie dieser in ihren Augen rückständigen, ja atavistischen Tradition dezidiert ablehnend gegenüber. Da jedoch Thomas E. *diesem hirnlosen Gemetzel*, wie sie wusste, seit langem schon abgeschworen, sich gleichsam im Gegenteil anstelle des archaischen Totems des Kampfstiers mittlerweile dem klassischen Schutzpatron Orpheus verschrieben hatte, jenem Urheros der gewaltlosen Bezähmung, die die Musik bewirkte, sprach Renate ihn milde vom Makel seiner belastenden Vergangenheit frei. Jugendtorheit, abgelebtes Leben, Teil einer früheren, noch erst halb ihrer selbst gewissen Existenz: so hatte ihr Thomas die Bedeutung der Tauromachie in seinem heutigen Leben glaubhaft dargelegt. Nein, mit jenen zweifelhaften Gestalten, die für das Abstechen unschuldiger Tiere Ruhm und Ehre ernteten, hatte der friedfertig vergeistigte Kulturschaffende, den sie nun liebte, nichts mehr zu tun. Menschen konnten sich ändern. Schließlich: was sprach für eine moderne selbstbestimmte Frau wie sie schon dagegen, die körperlichen Vorzüge eines ausgebildeten Toreros zu genießen, wenn das möglich war, ohne unter der im Lichte aufgeklärter Weltsicht eher fragwürdigen Mentalität zu leiden, die diesen Berufsstand sonst kennzeichnen mochte?

Als sie erfuhr, dass Thomas in Spanien über eine sogenannte Dependance verfügte (nämlich die Finca seines zwar noch nicht gar hinfälligen, aber doch schon steinalten Vaters), schüttete Renates Belohnungssystem eine zusätzliche Ladung Endorphine aus. Nicht zu leugnen, dass die damit sich eröffnenden Perspektiven der Attraktivität des Mannes Thomas E. Hilpert noch einen zusätzlichen, vielleicht den entscheidenden Schub versetzten.

Zu sehr war Renate daran gewöhnt, ihre eigenen Gefühle mit dem Pragmatismus der Wissenschaftlerin zu betrachten, um in der Tatsache, dass an dieser Stelle schnöder Kalkül in ihre libidinöse Objektwahl sich einmischte, einen gravierenden moralischen Funktionsausfall zu sehen. Sie kannte ihre Amygdala, wusste um ihr evolutionsgeschichtliches Erbe. All das hatte letzten Endes ja auch seine Richtigkeit.

Dass ihre Hochzeitsreise sie nach La Herradura führen würde, war bald eine abgemachte Sache.

Mit Thomas' Rückmigration nach Deutschland war die Verbindung zu seinem Vater nicht abgerissen. Regelmäßig schrieben sie sich Briefe, beziehungsweise später, als die Digitalisierung bis in den hintersten Winkel selbst Spaniens vorgedrungen war, auch Emails. So oft es seine beruflichen Verpflichtungen gestatteten, ließ sich Thomas Ernesto sogar in Person auf

La Herradura blicken, und wenn sie dann abends, auf der Terrasse zwischen den mächtigen, mit Basilikum, Rosmarin und Oleander bepflanzten Terrakottakübeln sitzend, sich am Iberico gütlich taten und dazu ihren Rioja tranken, ließ Ernst Heinrich, untermalt vom Chor der Zikaden, sich nur zu gern von seinem Sohn bestätigen, wie gut es ihm ging und wie schön er es hier hatte, nicht ohne umgekehrt auch Thomas seiner Überzeugung zu versichern, dass letzten Endes doch jeder von ihnen das für sich Rechte gewählt hatte.

Der Kontakt zu seinem Jugendfreund José Sánchez indes war, wie sich leicht begreifen lässt, nach den Ereignissen des Sommers 199* schlagartig abgebrochen. Die letzte Nachricht, die Thomas von José empfangen hatte, war eine SMS gewesen, aus der ziemlich unmissverständlich hervorging, dass der Matador nicht gewillt war, ihn, Thomas, jemals wiederzusehen, es sei denn um ihn zu töten. Thomas kannte José zu gut, um daran zu zweifeln, dass diese Drohung durchaus wörtlich zu nehmen war. Unbedingt musste sie das zum Zeitpunkt der Absendung der Nachricht gewesen sein, und es war bei einem Mann vom Naturell José Sánchez' kaum von einer kurzen, nur nach Wochen zählenden Abklingzeit seelischer Nachwehen auszugehen. Thomas wagte keine Antwort.

Über die weitere Karriere wie auch die sonstigen Lebensumstände des Matadors blieb er gleichwohl unterrichtet. Ernst Heinrich Hilpert nämlich, der in seinen späten Jahren gelegentlich zur Erheiterung und Zerstreuung die Lektüre von ¡Hola! und Pronto nicht verschmähte, außerdem als alter Aficionado selbstredend auch regelmäßig einen Blick in *AplausoS* und *6Toros6* warf, pflegte Thomas, in der stillschweigenden Annahme, dies müsse den Sohn doch interessieren, nicht nur stets die neuesten Arenatriumphe des Pez Espada mitzuteilen, er versäumte es auch nicht, ihn über jede Affäre auf dem Laufenden zu halten, die der prominente Torero gerade mit irgendeinem Fotomodel, einer Reedertochter, einer Popsängerin oder einer Zirkusakrobatin hatte. Alles sah danach aus, als wüsste José Sánchez nach seiner Trennung von der Olivenkönigin für den bei Persönlichkeiten seines Status üblichen und den Umständen nach auch passenden Trost zu sorgen.

Irgendwann zu Beginn des neuen Jahrtausends wurden die Mitteilungen über José spärlicher. Das letzte, von dem Ernst Heinrich hatte berichten können, war die durch die spanische Presse gehende Meldung, der große Matador habe seine aktive Karriere beendet. Der Pez Espada, so hieß es, habe den Stieren Adios gesagt, um nun an den Golf von Cádiz zurückzukehren, seine alte Heimat, wo er in El Puerto de Santa María eine private Stierkampfschule zu eröffnen gedachte. Angeblich hatte er zu diesem Zweck bereits ein geeignetes Areal erworben, nämlich eine der stillgelegten Sherry-Bodegas, die in der Stadt, deren ganzer einstiger Wohlstand auf dem traditionellen andalusischen Starkwein gegründet hatte, dem fortschreitenden Konzentrationsprozess auch auf diesem Sektor zum Opfer gefallen waren. Ein halbes Jahr später brachte *AplausoS* noch eine eher beiläufige Meldung, die festliche Einweihung der Escuela Taurina Sánchez betreffend. Nicht weniger als elf Adepten aus der Region, Stierbegeisterte verschiedenen Alters und Geschlechts, hatten sich für die Kurse angemeldet. Ein Abgesandter des Präsidenten des Spanischen Stierkampfverbandes hatte eine bewegende Rede gehalten. (Freilich war der Bericht so abgefasst, als wäre es vor allem dieser Umstand gewesen, dem das Interesse des Schreibers gegolten hatte.)

Das war jetzt drei Jahre her.

Danach war es still geworden um José Sánchez.

Stiller mochte mittlerweile auch dieser selber geworden sein, überlegte Thomas, als die Hochzeitsreise mit Renate näherrückte. José führte heute vielleicht ein unaufgeregtes Familienleben mit Frau und Kindern. Vielleicht hatte er sich ein kleines Boot angeschafft und ging am Wochenende zur Entspannung angeln. Vielleicht, ja vielleicht hatte José in El Puerto seinen Anker geworfen, seine Mitte gefunden, sein Glück. Am Ende hatte der Matador die Lust am Töten verloren, und es war Zeit für eine Wiederbegegnung, eine Aussprache, eine Versöhnung.

Die Umstände dafür schienen günstig, zumal jetzt, da Thomas selbst kurz davor war, sich in den Stand der symbolischen matrimonialen Kastration zu begeben, jenen Lebenswendepunkt, der es heterosexuellen Männern gemeinhin leichter macht, ihre früheren Kloppereien um eine Frau als gemeinsam durchlebte Abenteuer zu verklären.

Thomas recherchierte die Adresse der Escuela Taurina Sánchez in El Puerto und schrieb dem Inhaber einen Brief. Er drückte sich darin sehr behutsam aus. Die Vergangenheit erwähnte er mit keinem Wort, geschweige denn den Namen Blanca Isabel. Unverbindlich erkundigte er sich nach dem Stand der Dinge bei José, teilte dem alten Amigo seine Heiratspläne mit, wie auch den Zeitraum der Hochzeitsreise, in dem er *mit meiner dann Frau* sich in der Gegend aufhalten werde, und schloss mit dem ebenso unverbindlichen Vorschlag, bei der Gelegenheit auch einen *Abstecher* nach El Puerto zu machen.

Erst in einem umständlich gewundenen Postskriptum, das ihm schließlich derart aus dem Ruder lief, dass Thomas am Ende der Seite noch einen kleinen Zettel ankleben musste, um seinen letzten, nicht enden wollenden Satz zu vervollständigen, ließ der Brief im Ton spröde zerknirschten Zurückweichens vor der eigenen Scham des Schreibers *diese alte Sache* aufscheinen, freilich immer noch unter Vermeidung jenes Namens, ehe er abschließend der Hoffnung Ausdruck gab, dass seitdem genug Zeit verflossen sei, um selbst diese Wunde, die er dem Freund einst zugefügt, zu heilen.

Wochen vergingen. Thomas wurde unsicher; erst, ob er die rechten Formulierungen gewählt hatte, dann, ob sein Vorschlag, José zu besuchen, vielleicht verfrüht gewesen, schließlich, ob der ganze Brief überhaupt eine gute Idee gewesen war.

Endlich kam die Antwort doch. José schrieb, er habe sich gefreut, dass Thomas Ernesto von sich habe hören lassen. Ganz besonders aber freue er sich mit ihm auf das bevorstehende große Ereignis, also seinen und Renates Besuch, nein: Scherz, er meine natürlich ihre Hochzeit; über den Besuch aber freue er sich nicht weniger.

Auf *die alte Sache* ging er mit keinem Wort ein.

## 2

*Aber er sah wohl auch, dass das Fortschrittsgesindel*
*vor nichts halt machen würde. Das Fortschrittsgesindel*
*schaute ja schon längst mit großem Abscheu auf alles*
*Ursprüngliche hinunter.*
*(Franz Innerhofer)*

Als Renate Mitte Mai mit Thomas nach Sevilla flog, freute sie sich aufrichtig darauf, ihrem Schwiegervater, den sie bisher nur als gestaltlose, freilich von einem charmanten Causeur geführte Telefonstimme von einnehmend rauchiger Wärme kannte, endlich in ganzer Person zu begegnen. Ihre Neugier auf Thomas' geheimnisvollen Jugendfreund, den Ex-Matador, hielt sich dagegen in Grenzen und war mit einem gewissen Unbehagen vermischt.

Der mittlerweile neunzigjährige Emeritus hatte es sich nicht nehmen lassen, das Brautpaar mit dem Auto vom Flughafen abzuholen. Lang vorher schon hatte Thomas ein Foto von Renate geschickt; jetzt begrüßte und drückte Hilpert sen. seine Schnur wie eine alte Bekannte.

Auf La Herradura verbrachten man frohe Tage zu dritt, und zu zweit noch frohere Nächte. Der Himmel war die ganze Zeit fleckenlos blau; die Luft irisierte in der leichten Brise, die in den Morgenstunden vom Atlantik heraufwehte; die Orangenbäume hingen strotzend voll der saftig leuchtenden Früchte.

Am Tag, der für den Abstecher vorgesehen war, ließ José Thomas und Renate per SMS wissen, dass er für den Abend einen Tisch für vier Personen in der besten Taverna am Ort reserviert hatte. Wenn sie nichts dagegen hätten, würde er nämlich zu dem Essen gern seine neue Freundin mitbringen, eine junge Amerikanerin mit Namen Ivy. *Ein bisschen speziell, aber unterhaltsam :)*, hatte José getextet und, wie um diese Versicherung zu unterstreichen, gleich noch ein Foto hinterher gesendet. Ein Hotelzimmer für die Übernachtung in El Puerto hatte er ebenfalls organisiert.

Thomas betrachtete das Bild der grazilen und in der Tat sehr jungen Frau auf dem Display seines Handys.

»Vielleicht gar nicht verkehrt«, meinte er. »Ein Pärchen und ein einzelner Freund, den nur einer von beiden kennt, ist immer eine schwierige Konstellation. Zu viert lässt sich das Gespräch besser aufteilen.«

Renate schnappte sich das Handy, warf ebenfalls einen Blick auf das Konterfei der Amerikanerin, zuckte den Mund und gab Thomas das Handy zurück.

»Stimmt«, sagte sie. »Im Übrigen, jetzt wo ich den Stier gezähmt habe, können wir deinen José ja ruhig ein bisschen mit dem roten Tuch wedeln lassen.«

»Naja«, lächelte Thomas, indem er das Handy wieder zuklappte, »das ist ja wohl eher ein Tüchlein.«

»Und noch dazu ein fadenscheiniges«, befand Renate gut gelaunt, kam dann mit dem Mund ganz nah an Thomas' Ohr und flüsterte ihm zu: »Aber rot ist rot!«

Im Auto des Vaters fuhren sie am folgenden Samstag nach El Puerto. Renate hatte Thomas' Lieblingskleid angezogen, das, wie sie gut wusste, die durchaus ansprechenden Formen auch einer Frau zur Geltung brachte, die sonst nicht auf den ersten Blick als blendende Schönheit durchgehen mochte. Dass dieses Kleid im Übrigen ein rotes war, war purer Zufall.

José erwartete sie in der Hotellobby, bei ihm war das Mädchen. In natura wirkte sie eher noch jünger als auf dem Foto, was freilich auch an ihrer Garderobe liegen mochte, die fast mehr aus Metall bestand als aus Stoff: eine Unzahl von Spangen, Ketten, Armreifen klirrte und klimperte überall an ihr herum. Ansonsten trug sie nur ein Paar blickdichte, provozierend in den Schritt kneifende Leggings und ein verwaschenes T-Shirt mit breitem Ausschnitt, das die meiste Zeit berechnend schlampig an einer Schulter herabhing, immer abwechselnd einen der mit roten und weißen Plastikblümchen besetzten BH-Träger freilegend. Die Hälfte ihres spitzen Gesichts bedeckte eine riesige herzförmige Sonnenbrille mit cremefarbenem Plastikrahmen; darunter ein knalliger kleiner Mund, dessen Rand an den beiden hügelförmigen Aufwürfen neben der Mittelkerbe fett und wie mit absichtlichem Ungeschick rot übermalt war.

Das Mädchen sagte *Hi guys!* und kaute dabei einen Kaugummi.

José stellte ihr zuerst Thomas vor, als jenen Ernesto, seinen Jugendfreund, der einst mit ihm die Stierkampfschulbank und so weiter. Mit affektierter Grazie reichte Ivy Thomas die klirrende Hand. Dann, seines Faux-pas' innewerdend, wandte sich José zu Renate.

»Und, äh...«

»Renate«, sagte Renate, ihrerseits nun Ivy die Hand reichend.

»My wife«, erläuterte Thomas.

»Con tu permisión«, zwinkerte José Thomas zu. »José Sánchez, mucho gusto.«

Mit geschlossenen Augen ließ sich Renate auf die Wange küssen. Erst jetzt ging Thomas auf, worin genau die Veränderung im Erscheinungsbild des Freundes, die er bis dahin nur ganz pauschal, als etwas unbestimmt Befremdendes, registriert hatte, bestand: José hatte sich die Coleta abschneiden und einen Vollbart wachsen lassen, was seinem Gesicht eine Art düstere Gemütlichkeit verlieh. Im Übrigen hatte der Ex-Matador deutlich an Leibesfülle zugenommen. Der frühere Eindruck zusammengeballter Kraft war zu einer wächsernen Teigigkeit gleichsam vermatscht; manche Körperstellen, namentlich Brust und Wangen, wirkten aufgeschwemmt, ja geradezu wabbelig.

»So, another bullfighter, oh my God...«, begann nun Ivy zu Thomas.

»Oh, no more. No more bullfighting«, wehrte dieser ab. »I quit with the toros long time ago.«

»Right in time, I guess.«

»Hope so.«

»¡Vale, vamos a comer!« verkündete José, sein Mädchen energisch um die Taille fassend und mit ihr voranschreitend, aus der Hotellobby hinaus die Richtung

Hafen führende Straße hinunter. Neben dem BH-Träger erblickte Thomas jetzt auf Ivys linker Schulter ein vorerst noch kryptisches Tattoo, welches in der Manier dieser Verbotsschilder, wie sie hier und da an den Türen öffentlicher Gebäude kleben, das von einem roten Diagonalbalken durchgestrichene Gesicht eines bärtigen alten Mannes zeigte. Darunter, in Frakturschrift eingeätzt: *Kill your Papas!*

Geleitet vom Kellner, den José mit kumpelhafter Umarmung begrüßt hatte, setzten sie sich zwei und zwei gegenüber an den reservierten Tisch. Außer ihnen hielt sich nur noch ein deutsches Touristenpärchen in der Taverna auf, sowie auf einem Hocker am Tresen ein einzelner Señor mit grauem Schnauzbart und Hosenträgern, der einen Puro rauchte und alle fünf Minuten an seinem Carlos Primero nippte. Das Touristenpärchen stocherte wortkarg zu zweit in einem Berg Andalusischem Salat herum.

»Früher hätten sie hier um die Zeit noch nicht mal aufgemacht«, erklärte José Renate mit gedämpfter Stimme. »Aber heute kannst du hier als Wirt ohne Touris nicht mehr überleben, und die wollen um acht essen wie daheim. Na, Hauptsache die Karte ist noch die alte.«

Dass man in das beste Lokal des Ortes eingekehrt war, vermochte Renate zumindest am Zustand der Inneneinrichtung nicht abzulesen. Zwischen dem verkürzten Bein in der Ecke des Tisches, wo sie Platz genommen hatte, und der darunter eine hufförmige Delle machenden Diele stapelten sich abgeknickte Bierdeckelfragmente, unzählige Male nass geworden und wieder getrocknet; an der aus einem alten Wagenrad gemachten Deckenlampe über dem Tisch fehlten zwei Birnen; es roch nach mit Fett und Rauch vollgesogenem Holz, und von der rohen Tischplatte stieg ein intensiver Hauch von uralter Morcilla auf. Die Erfahrung jedoch hatte Renate gelehrt, dass der Zusammenhang zwischen Qualität und Ästhetik in der spanischen Gastronomie grundsätzlich eher arbiträr war. José hatte auf sie den Eindruck eines Genießertyps gemacht; im Hinblick auf das bevorstehende Essen würde man ihm wohl vertrauen können.

Es hätte im Übrigen der nun folgenden Erläuterungen des Ex-Matadors nicht bedurft, um zu erkennen, dass man sich in *dem* traditionellen Toro-Lokal des Ortes befand, Stammkneipe der Aficionados und Treffpunkt der Stierkämpfer, wenn oben in der berühmten Real Plaza de Toros von El Puerto die Corridas stattfanden. Sämtliche Wände waren mit Stierkampfplakaten geradezu tapeziert. An den die Deckenbalken stützenden dicken rauchschwarzen Holzpfeilern hingen an Nägeln und eingerammten Eisenbeschlägen diverse Monteras und ausgelatschte Toreroschuhe, schwere rostige Geschirrketten und mit getrocknetem Blut besprenkelte Medialunas, außerdem zahlreiche lederne Trinkbeutel mit reichen, allerdings mittlerweile bis zur Unkenntlichkeit abgegriffenen Verzierungen. Oben an der Wand überm Tresen aber prangte in einer Lücke zwischen den Flaschenregalen ein riesiger ausgestopfter Stierkopf.

José, der Renates leicht unbehaglichen Blick bemerkt hatte, versicherte ihr, dass der Kopf echt sei.

»Kein Fake, wie man das heute in den Städten überall hat, wo sie in den Tourilokalen auf Toro-Folklore machen. Das war Gofio. Ein Torazo, fünfhundertsechzig Kilo. Gonzalo hat ihn erledigt. Weißt du noch, Gonzalo«, wandte er sich zu Thomas.

»Klar«, spielte dieser eine aufdämmernde Erinnerung, »Gonzalo, El Cocodrillo.«

»¡Qué va, hombre! El Cocodrillo war doch Pepe Hilario. Gonzalo war El Galgo!«

»Stimmt.«

»Gonzalo El Cocodrillo! Ha ha ha!«

»Ja klar. Blödsinn. El Galgo natürlich.«

Scheu war Renates Blick einige Sekunden an dem Stierkopf hängen geblieben, der als abgehackter kaum weniger bedrohlich auf sie wirkte, als wenn er als Haupt eines lebendigen Leibes auf sie herabgeschaut hätte. Auf einem der Plakate, denen sie dann, gegen einen beharrlichen, sie selber seltsam berührenden Widerstand vom Anblick der finsteren Trophäe sich losreißend, ihre Aufmerksamkeit widmete, glaubte sie ihren Gastgeber in jungen Jahren zu erkennen. Der aufgedruckte Name – in fetter, an Wildweststil erinnernder Schrifttype lief er über die mit forschem Schwung vom Betrachter sich wegdrehende, in folkloristischer Manier als buntes Kunstgekleckse gegebene Ganzfigur – bestätigte ihre Vermutung. Das Gesicht des Pez Espada im Halbprofil wirkte ein wenig idealisiert; ziemlich gut getroffen waren dagegen die Körperproportionen: die gedrungene Statur; der fast weiblich rund die enge Kniehose spannende Hintern; die so gar nicht anmutig in den violetten Kniestrümpfen schwellenden Waden.

José hatte dem Kellner ein Zeichen gemacht, wobei er mit vier Fingern eine Luftrunde über dem Tisch drehte.

»Sí, son yo«, sagte er dann, indem er Renates Blick folgend selbst sein Porträt betrachtete, und fügte, sich lachend den Bauch tätschelnd, hinzu: »In meinen schlechteren Zeiten!«

Fast schon über den Rand ihrer Sonnenbrille hinweg hatte sich inzwischen vor dem Gesicht der Amerikanerin eine dicke Kaugummiblase aufgebläht, die in diesem Moment geräuschvoll zerplatzte. Unwillkürlich wich Renate auf der anderen Seite des Tischs ein Stück zurück, als fürchtete sie die Beschmutzung durch etwas unsäglich Ekliges. Unter ihren getönten Gläsern ließ Ivy für einen Augenblick ironisches Mitleid hervor schauen, ehe sie die Kaugummifetzen Stück für Stück wieder in ihren Mund hineinleckte.

Der Kellner kam mit einer Flasche Sherry und begann mit der Einschenkzeremonie, die José mit kritischer Miene verfolgte. Der Kellner setzte den Ausgussstutzen auf die Flasche, hob sie auf Kopfhöhe über den Tisch und ließ die goldbraune Flüssigkeit mit dünnem dichtem Strahl in die Gläser strömen, ohne dass ein einziger Tropfen danebenging. Nicht einmal die hart neben ihm erneut anschwellende und wieder zerplatzende Kaugummiblase brachte seine Meisterhand aus der Ruhe.

»Jetzt nimm endlich diesen Kaudreck aus dem Maul, du dumme Kuh«, fuhr José Ivy an, bevor er dem Kellner, dessen Vorführung ihn offensichtlich zufriedengestellt hatte, jovial lächelnd zunickte. Demonstrativ klebte das Mädchen die eingespeichelte graue Masse unter die Tischkante.

»I hate Sherry«, sagte sie gelangweilt, den Mund zu einer Art misslaunig herabhängenden Rüssel schürzend. Zurückgelehnt, die Beine tief unter den Tisch gestreckt, sah sie mit ihrer Sonnenbrille jetzt aus, als fläzte sie im Liegestuhl am Strand. Thomas, der ihr direkt gegenübersaß, spreizte vorsichtig die Beine, damit ihre Füße dazwischen Platz fänden.

»Por amor de Díos, shut up and drink!« belferte José. »Kann sich ruhig mal bisschen anpassen die kleine Bitch«, fügte er, auf Thomas' verstörten Blick, hinzu. »Ist nun mal so bei uns, dass man zur Begrüßung in Gesellschaft Sherry trinkt. Da reißt man sich halt mal zusammen.«

Das Mädchen gähnte.

»Wenn sie jetzt keinen Alkohol vertragen würde«, eiferte José weiter, und dann, wieder direkt zu Ivy: »Aber die Chica kann dir saufen wie ne Hafennutte, da kann's jetzt verdammt auch mal ein Gläschen Sherry sein. ¡Salud!«

Man stieß an. Die Amerikanerin kippte ihr Glas auf ex und schüttelte sich angewidert.

»What kind of drinks do you prefer?«, diplomatisierte Renate.

»Vodka Cola«, antwortete José schnell anstelle Ivys, deren outrierten Ekel gehässig nachäffend.

Schweigend drehte das Mädchen im Schoß eine Zigarette.

»Yes, Vodka Cola!« rief José, indem er sich drohend über sie beugte wie ein strenger Vormund über eine freche Göre. »Always! You always drink Vodka Cola. Drinking like dock whores. Am I right? I am right, you know that.«

»Gosh, José, what the heck is wrong with you«, murmelte Ivy zwischen den Zähnen, während sie ihre Kippe anzündete. Thomas konnte sich der Empfindung nicht erwehren, dass ihm diese Frage ein Stück weit aus der Seele sprach.

»Vale, Juan«, wandte sich José dem Kellner wieder zu, der einigermaßen hilflos dastehend um die Behauptung seiner bisher guten Stilnote kämpfte, »dann bring ihr halt ihren gottverdammten Wodka Cola!«

Thomas zuckte zusammen. Er hatte einen fremden Zeh am Knöchel gespürt.

»Sorry«, gähnte Ivy und pustete Rauch aus.

»Never mind«, ächzte Thomas.

»I like to drink Vodka Cola too sometimes«, sagte Renate, Ivy in ein sanftes Lächelbad tauchend.

»Oh do you really?« nuschelte diese im Ton eines halblauten Selbstgesprächs.

Der Kellner kam mit dem Longdrink und stellte ihn vor Ivy auf den Tisch. Dann zückte er seinen Papierblock, um die Essensbestellungen aufzunehmen.

José orderte als Vorspeise zwei Mal Stierhoden für sich und Ernesto; dazu eine Flasche Tinto und vier Gläser. Renate sagte, wenn es ihm nichts ausmache, würde sie Weißwein bevorzugen; Ivy schloss sich ihr an. Bueno, dann werde er sich eben mit Ernesto einen Roten teilen, meinte José. Die Bestellung wurde in je eine Halbliterkaraffe Tinto und Blanco geändert. Er habe ja nichts gegen Blanco, witzelte José, solang ihn die andern tränken.

»Oder ist rot nicht mehr deine Lieblingsfarbe, Amigo?«

Diese Sorge Josés vermochte Thomas zu zerstreuen. Was den Wein betraf, war er der Farbe des Blutes treu geblieben. Ein richtiger Blanco-Liebhaber war er ja nie gewesen.

Zum Essen wählte Ivy eine Ensalada mixta und Renate Gambas a la plancha.

Der Kellner verschwand und kam kurz darauf mit dem Wein zurück. Mit der einen Hand klammerte er die beiden Karaffen um den schmalen Hals, in der anderen hielt er die Trinkgefäße, jeweils den Daumen und ein bis zwei Finger in die stumpenförmigen Glasbecher getaucht. José übernahm das Einschenken.

Wenig später kamen die Vorspeisen.

»Bull's balls!« äffte nun Ivy ihren Lover nach, mit angewidertem Blick auf die dampfenden Testikel, die, von sämig brauner Soße umgeben, in tiefen, bunt gemusterten Steingutschüsseln glänzten. »You always order the bull's balls. *Siempre.* Always when we're in here. Bull's balls, bull's balls, nothing but bull's balls!«

»Kümmer du dich um dein Grünzeug«, brummte José, seine Gabel in eine der beiden Fleischkugeln rammend, mit einem lüsternen Zucken um den Mund. »Besides, it's all wrong. I had Coda de Toro the other night. Aber jetzt wo Ernesto hier ist, muss es einfach sein. Por el amor de antaño, nicht wahr, Amigo?«

Während er so redete, hatte José mit dem Steakmesser eine ordentliche Scheibe vom Stierhoden abgesäbelt, aus dessen Inneren eine kleine Blutfontäne aufgeschossen war; über den weißen Papieruntersetzer, auf dem der Kellner die Schüssel mit der Spezialität des Hauses abgestellt hatte, zog sich eine gestrichelte Linie kleiner roter Tröpfchen.

»Stierhoden verschwinden ja immer mehr von den Speisekarten«, sprach José munter mampfend weiter. »Ein Glück, dass es in El Puerto wenigstens noch einen Laden gibt, wo du ordentliche kriegst. Alle andern trauen sich nicht mehr. Die Touris finden es eklig und meiden Läden, die so was überhaupt anbieten. Nach dem Motto, wer weiß, was da sonst noch alles verbraten wird. Es ist zum Kotzen.«

Renate fand es auch schade, dass überall auf der Welt immer mehr lokale Spezialitäten von Fertigprodukten und billiger Massenware verdrängt wurden.

Am hinteren Tisch beim Touristenpärchen wurde jetzt eine große Paellaplatte serviert.

»Paella!« ätzte José weiter mit nur leicht gedämpfter Stimme. »Überall gibt's jetzt Paella! Was haben wir hier mit Valencia zu tun. Nichts. Aber Paella, Paella, alle wollen immer Paella.«

»Why, you don't have to eat the Paella!« entfuhr es Ivys angeödet verzogenem Mund.

José schlug die Faust auf den Tisch.

»And I will fucking never eat it for sure!«

»Come down José, it really sucks!« hob nun Ivy die Stimme. »Everybody's enjoying his and her stuff. You got your sacred balls, so what the heck's your problem?«

Einen Moment war es still am Tisch.

»Bueno!« sagte Thomas. »Muy buenos cojones.«

»Sag ich doch«, bestätigte José. »Die haben's noch drauf hier!«

Thomas hielt Renate ein auf die Gabel gespießtes Fleischstück hin. »Magst du nicht wenigstens mal probieren, Süße?«

Mit fest geschlossenem Mund schüttelte Renate den Kopf.

»Bei aller Liebe«, meinte sie schließlich, wieder mit dem Pulen ihrer Gambas beschäftigt.

»A las mujeres, no les apetece tomar en boca esas cosas!« nahm José sie scherzend in Schutz.

»Dabei isst sie das abartigste Fischzeug!« versicherte Thomas. »Pulpo, Meerschnecken, Austern. Nichts was schwimmt ist vor ihr sicher!«

Renate suckelte einen Garnelenschwanz aus der Schale. »Esas son deliciosas!« lächelte sie.

»Gab ständig Fisch bei uns früher«, sagte José. »Mein Vater war ein Fischer. Ich habe es gehasst.«

»Ich verstehe«, sagte Renate.

»Tagaus tagein Fisch. Montag Stockfisch, Dienstag Plattfisch, Mittwoch, äh, Thunfisch...«

»Thursday Bullfish...«

»Shut up you silly Yankee princess! Mein kleiner Bruder ist an einer Gräte erstickt. Von einem Schwertfisch. Dieser Penner. Zu blöd um einen Fisch zu essen. Na gut, er war auch erst drei.«

»Oh, das ist aber tragisch!«

»Dammit, José, can't you ever let people eat their seafood without telling the stupid story of your stupid little brother!«

»Halt's Maul, du hast doch keine Ahnung.«

»Also darum hast du Pez Espada geheißen, hmm?«

»Exacto. Die Leute sind grausam.«

»Sure they are. Great news!«

»Aber im Endeffekt«, erinnerte Thomas, »war ›Pez Espada‹ doch gar nicht so schlecht.«

»It was *brilliant* actually!«

»Shut up I say!«

»Ich meine, fürs Geschäft. Diese Doppeldeutigkeit«, begeisterte sich Thomas, à part zu Renate hinzufügend: »Weil nämlich ›Espada‹ in der Stierkampfsprache...«

»Hast du mir schon mal erklärt.«

»I always figured José should have become a fisherman too, and fight fish instead of bulls, to revenge his poor little brother«, nahm Ivy den Mund voll.

»Bullshit you tell. There is not really fight with fish. You just catch them in the water.«

»Why, there are famous books on fights of men with fish!«

»Ah, fuck you and your books!«

»Ich dachte immer«, sagte Renate, »die Hoden essen nur die Toreros nach dem Kampf. Sozusagen als Belohnung, wenn sie... gewonnen haben, hmm?«

»Matadores!« verbesserte Thomas.

»Ja, ja! Matadores, meine Güte!«

»Bueno, Renate«, sagte José, »du hast Recht und du hast nicht Recht. Matadore essen nach dem Kampf Stierhoden. Immer. Aber generell essen sie nicht *nur* die Matadore. Jeder kann sie essen. Wenn sie auf der Karte stehen. Nur die Hoden von dem *besiegten* Stier, die sind reserviert für den Matador. Die hier, die sind...«

»... from some ignoble coward failure-bull who never had the honor of fighting with such glorious wannabe-hidalgos like you!«

»¡Ay, esa me mata!« Händeringend flehte José bei Thomas um Beistand. »Das geht so die ganze Zeit, Hombre. Ich schwör's dir, die ganze Zeit nur diese Scheiße. Ach, was reg ich mich auf. Jetzt hör mal, Ernesto, und du Renate! Habt ihr nicht Lust, morgen Nachmittag in meine Schule zu kommen? Gibt einen öffentlichen Übungskampf mit denen vom dritten Jahr. Sind paar ganz gute Leute dabei. Ernesto, das interessiert dich sicher. Auch super Stiere, Utreros, von García-Llabán.«

Der Name des berühmten Züchters entlockte Thomas ein respektvoll furzendes Mundgeräusch.

»Wär mir eine Ehre, euch dabei zu haben«, fuhr José fort. »Ist auch schöner für meine Leute, wenn paar Zuschauer dabei sind. Weißt ja wie es ist heutzutage, Ernesto. Alles rennt am Sonntagnachmittag zum Fußball. Dabei, mal ehrlich, da geht's doch um nix, beim Fußball. Dämliches Hinundhergerenne. Wo soll denn da die Spannung herkommen. Also ihr wärt meine Gäste. Meine Ehrengäste!«

Thomas bekundete Interesse.

»Vergiss nicht, dass wir deinem Vater versprochen haben, morgen zum Abendessen zurück zu sein«, erinnerte Renate.

Thomas meinte, wie er seinen Vater kenne, werde der bestimmt Verständnis dafür haben, dass sie eine Nacht länger blieben, wenn er ihm erklärte, warum.

Renate blieb skeptisch. »Ich weiß nicht... José, ich meine das nicht beleidigend, aber ich glaube wirklich nicht, dass ich es sehen will.«

Der Ex-Matador hob die Hände und machte beschwichtigende Gesten.

»¡Ah, no tengas miedo! Es ist nur eine Becerrada. Also ohne Suerte de matar. Kein Abstechen, verstehst du. Kein Blut. Entschuldigung, Renate, ich hätte das gleich sagen müssen, kennst dich ja nicht aus. Es ist... nur ein Spiel. Nur ein paar Manöver mit der Capa. Die Stiere bleiben am Leben.«

Renate wusste immer noch nicht recht.

»Du würdest mir eine große Freude machen«, legte José nach.

»Interessiert mich schon, was für Leute du hast in deiner Schule«, sagte Thomas.

»And you, Ivy?« fragte Renate. »You will certainly go there tomorrow, won't you?«

»I'm not sure yet«, antwortete Ivy. »I've seen so much bull fighting already. Actually, the whole thing's a bore. However, everything else is a bore too. I'll think it over.«

»You come or I slap your ass!«

»Yeah, yeah, whatever. You know«, fuhr sie übergangslos wieder zu Renate sprechend fort, »he only wants me to come because he thinks I am his trophy and he can show me to the crowd.«

»Which crowd, you dumbass? Which fucking crowd?«

»Congratulations José, you succeeded noticing I was ironic!«

»Thomas«, sagte Renate, »wenn dir wirklich daran liegt, geh doch alleine hin. Ich kann so lange...«

Da aber wehrte José mit großer Bestimmtheit ab.

»Nein, das geht nicht! Ihr seid auf Hochzeitsreise. Da trennt man sich nicht. Daran will ich nicht schuld sein.«

»Ach, wir hocken doch eh die ganze Zeit aufeinander«, lachte Renate. »Ernsthaft, José, ich hab wirklich kein Problem damit, mich zwei drei Stunden hier allein zu beschäftigen. Es ist schönes Wetter, da ist das Meer. Ich hab auch ein Buch dabei. Also, wenn sich gute alte

Freunde gegenseitig die Ehre erweisen, werde ich mich nicht querstellen, hmm?«

Abermals bekräftigte Thomas, er wolle das Spektakel wirklich gerne sehen.

»Überleg es dir doch noch bis morgen, Renate«, machte José noch einen Versuch.

»Naja... wenn es kein Blut gibt, vielleicht...«

»Ich freu mich, wenn du mitkommst, Schatz«, beeilte sich Thomas in letzter Sekunde.

»Also abgemacht, ihr kommt«, beendete José die Diskussion.

»Vale«, sagte Thomas. »Wir kommen.«

Auch Renate sagte mit einem Stoßseufzer »Vale«.

»Prima!« rief José. »Darauf stoßen wir jetzt an. Juan, noch zwei Karaffen. Okay, Vodka-Cola auch, meinetwegen. Und dann brauchen wir noch was zu essen. Ernesto, nimm das Steak! Haben schöne dicke Lendenstücke hier. Stimmt's Juan? Habt ihr ganz frisch heute? Muy bien, zwei Mal dann! Renate, du?«

Renate nahm die Urta a la Roteña, wozu der Kellner sie beglückwünschte; Ivy wollte Muscheln in Tomatensud.

Man stieß an.

Nach und nach teilte sich das Gespräch nun pärchen-überkreuz in zwei Dialoge auf. Allerdings schienen dabei José und insbesondere Ivy stets mit halbem Ohr die Wortwechsel der jeweils anderen Partei zu verfolgen; jedenfalls hörten sie nicht auf, einander immer wieder von der Seite gehässige Kommentare zu-

zuspucken, was vor allem Renate auf Dauer ziemlich nervte. Sie ließ sich aber nichts anmerken.

Thomas fand an des Mädchens kaltschnäuziger Frechheit zunehmend Gefallen. Arrogant, gestört und hochintelligent wie sie war, schien sie ihm geradezu entzückend. Mittlerweile hatte er in Erfahrung gebracht, dass sie aus Chicago stammte, gerade zweiundzwanzig geworden und mittels eines Recherchestipendiums nach Spanien gekommen war, offenbar wegen eines Buchprojekts, an dem sie gerade arbeitete. Ivy war nämlich *a writer*. In den USA als mittleres Wunderkind gehandelt, hatte sie bereits mit siebzehn ihre erste Kurzgeschichte im New Yorker veröffentlicht und vor einem Jahr mit ihrem Romandebüt die Beachtung einiger namhafter Kritiker gefunden.

»So this is your second novel?«

»It's my second *book*. In fact I'm not sure what it's going to be exactly.«

»Very interesting.«

»If you say so.«

»But will it deal with bull fighting as well?«

»Certainly not! I mean, not literally.«

In einer plötzlichen Intuition stand Thomas das Tattoo auf ihrer Schulter vor Augen.

»I see. ›Being Ernest‹ is of no importance to you, right?«

»Damn right it isn't!«

Schon als Kind in der Elementary School, erzählte Ivy, wie auch als Jugendliche in der Highschool, sei sie mehrfach gezwungen worden, mit der ganzen Klasse im Bus nach Oak Park hinaus zu fahren, um dort das grausam spießige Geburtshaus Hemingways zu besichtigen, wie auch das diesem im selben Chicagoer Vorort gewidmete Museum, einen übrigens nicht weniger grausamen, im Stil der äußersten neoklassizistischen Einfallslosigkeit gehaltenen grauen Klotz, der in seinem Innern die allerkonventionellste, von keinem noch so geringen Hauch von Dekonstruktion aufgefrischte, in trotzig-provinzieller Einfalt ganz der Hagiographie verschriebene Ausstellung beherbergte. Diese aufgezwungenen Ausflüge nach Oak Park aber hätten in ihr, Ivy, eine seltsam zwiespältige Wirkung hervorgerufen, indem sie sie einerseits mit einer heftigen Antipathie gegen den bärtigen Übervater der literarischen Moderne (den sie übrigens immer nur kurz ›Hem‹ nannte) gleichsam geimpft, andererseits aber in ihr zugleich den brennenden Wunsch geweckt habe, selbst Schriftstellerin zu werden. Was sich ja mittlerweile auch erfüllt hatte.

Unterdessen leistete José bei Renate Aufklärungsarbeit über die Kunst der Tauromachie, ihre Grausamkeit relativierend und dafür das Schöne, Faszinierende, Geheimnisvolle und Tiefgründige herausstellend.

»... musst du dir keinen Kopf machen, Renate! Die paar Piekser mit den Banderillas, das hat mit Tierquälerei nichts zu tun. Für den Stier ist das wie Akupunktur. Da kommt er erst in Stimmung. Wenn ein guter Banderillero...«

»However, you are going to see the toro-show with us tomorrow, aren't you?«

»I really don't know yet. Actually I don't give a damn about bull fighting.«

»Shut up, you stupid chica, you don't give a damn about fucking nothing!«

»Ich kann sie schon irgendwie verstehen, José«, moderierte Renate. Auch wenn keine Stiere getötet wurden: dem Mädchen ging es offenbar ums Prinzip. In ihrem Alter hielt man viel auf Prinzipien. Da hatte man ja gerade erst herausgefunden, dass es so etwas überhaupt gab. Ja, zu einem erheblichen Teil beruhte wohl die ganze auf uns Ältere oft so anziehend wirkende *Jugendfrische*, psychologisch gesehen, auf eben dieser inneren *Prinzipienfrische*, die den Geist der Jugend bestimmte, wusste Renate.

»Und schau mal, José«, fügte sie dann noch hinzu, »selbst eine gestandene Frau wie ich hat so ihre Probleme mit dem Stierkampf. Die Tiere tun einem doch leid!«

»It's not that«, verwahrte sich Ivy mit einer gewissen *severity*. »It's not about pitying!«

»Then what is it that bothers you, dear?« versuchte Renate ihrer Einfühlsamkeit einen Weg zu bahnen.

»I don't care about what men do to the toros«, stellte Ivy seelenruhig klar. »What ›bothers‹ me is what the toros make out of men.«

»Jetzt hör dir den Scheiß wieder an«, sagte José, die Hand flach auf den Tisch klatschend, zu Thomas. »You stupid slut don't know what you talk about. I tell you what the toros make out of a man. It's a man they make out of a man!«

»Ha ha. If so, I should know better about that.«

»If you don't know yet, I'll show you tonight!«

»Did you know«, so nun Ivy José überhörend zu Renate, »that the night before a Corrida matadors are not allowed to fuck!«

»Well it's not me who'll fight tomorrow«, grinste José.

»And then«, fuhr Ivy ungerührt fort, »the night after, they are not *able* to!«

»Oh, then I was lucky Thomas had quit before we met«, entgegnete Renate. »José, wie lang sagtest du ist die Spitze der Lanze?«

Ivy verdrehte die Augen und wendete sich wieder Thomas zu. »It's not about pitying«, wiederholte sie, eine Stufe leiser.

» Sure«, sagte Thomas.

»It's just all a bore«, kam sie auf ihren Hauptpunkt zurück.

»Yes«, sagte Thomas, »so you said already.«

Es war immer dieselbe Story, erklärte Ivy. Als würde man ein und dasselbe Theaterstück auf derselben Bühne sechs Mal hintereinander sehen, nur mit wechselnden Schauspielern. Nicht einmal das Bühnenbild würde sich ändern, bloß dass die Sätze ein bisschen anders betont und leicht abgewandelte Posen eingenommen würden und manchmal einer statt von da nach da von da nach da latschte. Wie blöd musste man sein, sich sowas freiwillig reinzuziehen?

»... geht es auch um *Respekt* beim Stierkampf. Das Wichtigste was du in der Ausbildung lernst ist Respekt. Vor dem Stier, vor dir selbst. Und den Stier *gut* töten, das ist die höchste Form von Respekt vor dem Tier. Verstehst du, Renate, diese ganzen Tierschutzwichser...«

Für einen Moment wurde die Unterhaltung vom Auftragen der Speisen unterbrochen, deren vereinte Wohlgerüche die beiden Dialoge vorübergehend in ein harmonisches Quartett langgezogener Genusslaute verwandelten. Elegant und gekonnt zerlegte Renate ihre Fische, während auf den Tellern der beiden Männer sich bereits die nächsten Blutseen ausbreiteten.

Vom geräuschvollen Ausschlürfen der Muschelschalen unterbrochen, setzte Ivy ihren kritischen Stierkampfdiskurs fort. Das Langweiligste an der ganzen Sache war das Tuchgewedel. Wie man nur so ein Getue veranstalten konnte um die Art und Weise, wie Leute ein Stück Stoff herumschüttelten! Mal wurde es so geschwungen, dann wieder so, dann ging der Stier hier herum, dann ging er dort herum, mal hielt der Mann den Lappen hinterm Rücken, dann wieder vorne... Sie mimte ein vernichtendes Gähnen. Jeder One-Night-Stand hatte mehr Stellungen, bei ihr jedenfalls! Das einzig wirklich Interessante war, wenn der Stier am Ende abgestochen wurde. Der Rest war was für Männer, die auf schrille Klamotten standen und sich gern wie Balletttänzer bewegten, sich aber nicht trauten, richtig Ballett zu machen, aus Angst für schwul gehalten zu werden. Imgrunde war es alles nur eine leicht angetuntete Spielart von Machotum. Um die ›Lust am Kampf‹, um Blutrausch, Mut und Tapferkeit und diesen ganzen Selbstbewährungs- und Überwindungskitsch oder was irgendwelche *cultural-science-brainfucker* da an Symbolismus alles hinein interpretierten, Geschlechterkampf, rituelles Zelebrieren der Überlegenheit des Menschen über das wilde Tier und so weiter, um all das ging es in Wirklichkeit gar nicht. Das eigentliche Torero-Machotum war einfach nur männliche Eitelkeit, Exhibitionismus, *swing-your-thing*. Auf der Bühne stehen und vorzeigen, wie gut man seine Kunststücke geübt hat. Der *Virtuosenkult*, das war es, was sie, Ivy, am meisten ankotzte. Kuckt alle hin wie cool ich bin und wie toll ich das mache, und lasst euch nur ja nicht entgehen, wie megaarrogant ich dabei die ganze Zeit auch noch grinsen kann – *that kind of bullshit*.

»Interesting way of looking at it«, gab Thomas zu.

»Well that's the job« sagte Ivy achselzuckend.

»You mean the writer's job?«

»Bullshit!« fuhr José dazwischen. »She means the genius' job of pulling everything into the mud! Everything what has value and dignity.«

»Dammit, José, just give us a break, will you?! Keep eating your steak while I'm having conversation with your intellectual friend. Keep turning lovely Renate into a new aficionada, you're doing well at this at least. So, where did we stop?« richtete sie das Wort erneut an Thomas, während José mit einer Salve leiser spanischer Flüche den Rückzug antrat.

»Considering your *déformation professionelle*, I think.«

»Consisting in what?«

»Having deviated views on certain cultural phenomena... or claiming to have such. Which probably might be one and the same, I mean, for a writer.«

»... oft mit zweierlei Maß gemessen. Wenn irgendwo in Afrika kleinen Mädchen an der Muschi rumgeschnippelt wird, dann ist das ›kulturelle Differenz‹; wenn bei uns in Spanien ein Stier abgestochen wird, dann ist es Barbarei. Ich meine, da muss man doch mal die Kirche im Dorf...«

»So after you quit bull-fighting what did you do?« wollte Ivy nun von Thomas wissen.

»I decided to switch to the peaceful business of making movie scores«, sagte Thomas.

»Sort of a composer, huh?«

»Sort of. In fact most of my music-writing is just ›com-posing‹ patterns. Prefixed modules. Quotationism, as it were.«

»All the better. I figure quotations are the real thing nowadays, aren't they? Just look at me.«

»Yes. I know what you mean.«

»But?« hakte Ivy nach, als Thomas für einen Moment in nachdenkliches Schweigen verfallen war.

»... muss dir nicht leidtun, Renate. Ein Stier will kämpfen, er *muss* kämpfen! Darum ist er ein Kampfstier. Es ist seine Natur. Die Corrida, das ist für ihn der glorreiche Tag seines Lebens. Der Kampf ist seine Ehre, und seine Erfüllung. Wenn er vorzeitig vom Platz muss, weil er sich ungeeignet zum Kämpfen erwiesen hat: *dafür* müsstest du den Stier bemitleiden. Das ist für ihn die größte Schmach. Dass man ihn nicht für würdig zum Kämpfen...«

»I was just wondering...«, machte Thomas endlich einen Versuch. Wenn das ganze Toro-Zeug sie dermaßen anödete, warum hatte sie sich dann ausgerechnet einen Matador als Liebhaber ausgesucht? Es ging ihn ja nichts an, auch freute es ihn, dass José so ein – er suchte nach einem passenden Wort, fand aber keins und sagte folglich – : *remarkable girl* als Freundin hatte. Und aus der Perspektive Josés war die Partnerwahl für ihn, Thomas, auch absolut plausibel. Nur umgekehrt, nach allem was sie ihm erzählt hatte... »Don't misunderstand me, but ...«

Dem bemerkenswerten Mädchen war es nicht entgangen, wie Thomas' Blick bei den Worten ›aus Josés Perspektive‹ wie auf *einen* Streich, in einer blitzkurzen, darin aber sozusagen clairvoyanten Synthesis der Gier ihre Brüste befummelt, ihre Lippen liebkost, die glatte Haut ihrer nackten Schultern geküsst und sich im Gewirr der um den schmalen faltenlosen Hals hängenden Ketten verfangen hatte. Auch für Ivy war das ein ziemlich interessanter Moment.

»Okay«, begann sie schließlich. »What to say about this. I think it is just because I am completely psychodistorted. Like many ›geniuses‹. You're German, you should know about this. It's... I'm just so like totally ambiguous about everything. Deep inside here« (gespielt pathetisch presste sie eine Hand mit gespreizten Fingern gegen ihr vorgeneigtes weißes Dekolletee) »deep in here there's sheer contradiction! That's why.

José darling«, wandte sie sich plötzlich mit hell flöten-
der Kinderstimme ihrem Lover zu, an dessen behaar-
tem Unterarm sie zugleich mit beiden Händen bittend
rüttelte, »please, may I have another drink? Please!«

»Sure you didn't take too much already?«

»Come on! I've had only two or three.«

»It's four. I've done the counting. Four you had!«

»Why then it's four, come on, that's nothing. I'm
perfectly clear in mind. Am I not, Mr. Thomas E.?«

»Clear and brilliant«, bestätigte Thomas.

»Oh please please daddy please!«, quengelte Ivy
und schnitt dazu Grimassen, als legte sie es darauf an,
ihre soeben vorgenommene Selbsteinschätzung unmittelbar zu dementieren.

Da packte sie José, zog sie zu sich heran und steckte
ihr die Zunge in den Mund. Tief griff seine Hand hinten unters T-Shirt, das dabei für einige Sekunden hoch-
rutschte bis zum BH-Verschluss. Mit wachsender Erre-
gung registrierte Thomas die beiden parallelen Bahnen
halbvernarbter Kratzspuren, die quer über den Rücken des Mädchens liefen.

José zog seine Zunge wieder aus Ivys Mund.

»Ach mach doch was du willst, du Nervensäge!«

Er winkte dem Kellner, hob das Longdrinkglas kurz
in die Höhe, stellte es zurück auf den Tisch und schob
es ohne hinzusehen wieder vor Ivy hin. Zügig brachte
der Kellner das neue Getränk, tauschte das leere gegen
das volle Glas aus und wünschte *Salud*.

Ivy lächelte selig. Mit spitzen Fingern nahm sie die
Zitronenscheibe vom Glasrand und führte sie langsam,

feierlich nach oben gehalten wie eine Hostie, an die Lippen. Nachdem sie sie auf vergleichsweise profane Weise eine Weile im Mund herumgewälzt hatte, warf sie die ausgelutschte Scheibe mit verächtlicher Lässigkeit zurück ins Glas. Dann zog sie den Strohhalm aus dem Glas und lutschte auch diesen ab. Dann setzte sie den Strohhalm an der oben schwimmenden Zitronenscheibe an, suchte deren Massenschwerpunkt und tauchte sie nach einer Reihe scheiternder Tests endlich erfolgreich unter, bis ganz an den Boden des Glases. Dort angelangt begann sie, mit kurzen, energischen Bewegungen, die zugleich an ein unbeherrschtes Zittern erinnerten, mit dem Strohhalm auf die Zitronenscheibe einzustechen. Erst als sie damit fertig war, entspannten sich ihre während des ganzen Vorgangs fest verkniffenen Lippen und wurden wieder zu jener sirupsüß verschmierten Herausforderung, die sie zuvor die ganze Zeit gewesen waren. Schließlich nahm sie das Glas in beide Hände, beugte den Kopf darüber und bewegte, dabei eine offensichtlich vollkommen unsinnige Akkuratesse befolgend, den Longdrink in die geeignete Position, um ihre Lippen senkrecht von oben über den Strohhalm stülpen zu können.

»... hat der spanische Kampfstier das beste Leben, das du dir als Rind überhaupt wünschen kannst. Die besten Weiden, das beste Futter, die besten Kühe! Wie viele Millionen Rinder verenden tagtäglich in Massenschlachtereien. Die sind zu nichts auf der Welt als zu Burger verarbeitet zu werden. Das fressen die Leute tonnenweise, aber Stierhoden werden von den Speisekarten gestrichen, weil man das eklig findet. Das ist die Logik dieser vernünftigen Leute, die unsere Traditionen abschaffen wollen, weil sie sie als ›barbarisch‹...«

Während Ivy für eine Weile wie in einer ZEN-Meditation über ihrem Glas verharrte, behielt Thomas den Flüssigkeitspegel im Auge, der in dieser Zeit aber keinen Millimeter sank. Als müsste sie zu dem Entschluss zu trinken langsam erst sich durchringen, sah das Mädchen nur auf die perlende Oberfläche, immer den Strohhalm mit ihren clownesk überschminkten, jetzt auch noch kussverschmierten Lippen umschlossen haltend. Endlich bewegte sich etwas im Glas, und der Pegel sank um gut die Hälfte.

Mit einem kleinen Schmatzgeräusch lösten sich die Lippen vom Strohhalm. Immer noch ohne den Blick zu heben, ging Ivy dazu über, sich im Schoß eine neue Zigarette zu drehen, dabei ganz in sich versunken, als täte sie etwas gar Heimliches, das niemand sonst etwas anging. Erst als auch dieses Ritual vollendet war und sie sich mit nun entzündeter Kippe auf dem Stuhl zurücklehnte, sah sie ihr Gegenüber wieder an.

Thomas schaute erwartungsvoll zurück.

»The ontological principle of the universe is fight«, begann sie schließlich.

»Okay«, sagte Thomas.

»And I hate fighting«, fuhr sie Rauch ausblasend fort.

»Well... okay.«

»All pain and evil and all misfortune in the world come from fighting.«

Thomas schwieg und versuchte denkend zu wirken.

»Do you understand what I'm saying?«

»Roughly.«

»Awesome. Okay. So, here's my own personal syllogism: If I want a different world but I can't change the world because I am a part of it, obeying to the very principle that holds in everything, then what happens necessarily is that my mind gets distorted, right?«

»Maybe.«

»Consequently, when there is fighting everywhere, and I hate fighting, then all I can do is fight the fighters, right?«

»... nur wegen Merkel und diesen Arschlöchern in Brüssel, diese ganze scheiß Gleichmacherei. Eine einzige kulturelle Säuberung ist das, und das ganze sentimentale Tierschutzgedöns ist dafür nur der Vorwand. Alles Ungleiche und Eigenartige wird ja eins nach dem anderen abgeschafft. Die Peseta haben sie schon abgeschafft; jetzt wollen sie den Stierkampf abschaffen; die Monarchie schafft sich bald selber ab, und seit neuestem soll sogar die Siesta...«

»But you don't fight José«, kam Thomas nach längerem Überlegen zum Punkt. »You fuck him.«

»Same«, blies Ivy zwischen den Zähnen am Strohhalm vorbei, über den sie schon wieder den Mund gestülpt hatte, um noch einmal die Hälfte der Hälfte des Longdrinks aufzusaugen.

Thomas sagte nichts. Sah dem Mädchen nur zu, in sich hinein schmachtend, verstört und ohne Plan.

Endlich schaute Ivy vom Glas auf, nahm einen Zigarettenzug und sah ihn lächelnd an.

»You are no fighter«, entschied sie.

Thomas wollte irgendwie widersprechen, aber ihm fiel nichts ein – was natürlich, wie er im selben Moment zerknirscht bemerkte, genau der Beweis für die Richtigkeit von Ivys Feststellung war.

»You never were«, murmelte sie, den Kopf wieder überm Glas, an der Grenze zur Unverständlichkeit, und trank aus.

Am Boden des Glases blubberte zwischen halbgeschmolzenen Eiswürfeln eine verwässerte Neige.

# 3

*Estampas que representan diferentes*
*suertes y actitudes del arte de lidiar los toros*
*y una el modo de poder volar los hombres con alas.*
*(Goya)*

Wie zuvor abgesprochen, wollten die beiden alten Freunde nach dem Essen noch zusammen losziehen, ohne die Frauen, um endlich jenes vertrauliche *solo tú y yo* nachzuholen, das damals in Berlin dummerweise versäumt worden war.

Vorerst aber stand man eine ganze Weile noch vor der Taverna herum, zu zwei und zwei wieder in der Paarung, in der man gekommen war. Während José und Ivy, etwas abseits nahe der Hausecke, sich weiter gegenseitig beharkten, war Renate dicht beim Eingang stehen geblieben, um sich an der windgeschützten Stelle unterm Vordach die Zigarette anzuzünden, die sie kurz zuvor noch von José erschnorrt hatte. (Es gehörte nämlich Renate zu jenen Quasi-Nichtrauchern, die die Lust auf eine Zigarette so selten anwandelt, dass sich ihrer Meinung nach die Anschaffung einer ganzen Schachtel nicht lohnt.)

Seltsam aufgekratzt kam Thomas seine Braut vor, die sonst um diese Stunde gerne müde oder doch sozusagen bettschwer zu werden pflegte. Das rote Kleid mit einer Hand neckisch überm Knie gerafft, sprang sie nun schon mehrere Zigarettenzüge lang mit lustig federnden Ausfallschritten vor ihm hin und her, den Rumpf bald nach links bald nach rechts verbiegend, wobei sie Thomas, der ihre Kapriolen ratlos, doch mit der unerschöpflichen Duldsamkeit des Liebenden verfolgte, unverwandt mit lachenden Augen im Blick behielt.

»Ich hab nämlich heute Abend gelernt«, begann Renate, endlich wieder stillstehend, nachdem Thomas die Frage, die sie die ganze Zeit eigentlich aus ihm heraus locken wollte: nämlich, was eigentlich los sei mit ihr, immer noch nicht gestellt hatte, »dass Stiere in Wirklichkeit farbenblind sind! Sie reagieren nur auf die Bewegung des Tuchs, nicht auf das Rot. Das hast du mir nie erzählt, Schatz!«

Thomas bastelte eine schwammige Erklärung zusammen. Beraubte zu viel Aufklärung die Phänomene nicht ihrer Poesie? Renate bestritt das für sich entschieden. Je mehr sie abstrakt über ein Thema wusste, desto neugieriger wurde sie ja auf die Sache selbst!

»Dann kommst du also doch mit morgen?« fragte Thomas.

»Wieso ›also doch‹? Ich hab doch gesagt, ich komm mit!«

»Ja, als José dabei war, aber ich dachte...«

»Dachtest was?«

»Dass du vielleicht in Wirklichkeit gar nicht willst.«

»Doch, doch. Will ich schon.«

»Ich meine, nicht dass du denkst, du musst mitkommen, weil ich es von dir erwarte.«

»Herrgott, nein! Ich hab gesagt ich komme mit, also komme ich mit.«

»Ja klar. Ich wollte nur sagen, *wenn* du nicht wolltest, wär das auch kein Problem.«

»Weiß ich doch. Aber ich *will* ja.«

»Also auch für José nicht, glaub ich, nicht dass du denkst...«

»Thomas, nein! Was denkst du denn immer, dass ich denke. Langsam hab ich den Eindruck, dass ein Problem eher entsteht, *wenn* ich mitkomme!«

»Wie kommst du denn darauf. Ich freue mich, wenn du, ich meine, *dass* du mitkommst, ich dachte nur...«

Währenddessen war im Hintergrund in raschem Wechsel das dumpfe Poltern des Toreros und das schrille Gestichel der Schriftstellerin zu hören, ohne dass indes der genaue Inhalt der Beleidigungen, die sie sich mit hörbarem Genuss um die Ohren schlugen, zu Renate und Thomas durchgedrungen wäre.

»Also wenn du meinst, dass ich irgendwie störe, bleib ich natürlich weg«, schnappte Renate ein.

»Ach Unsinn! Wobei solltest du denn stören?«

»Ja weiß ich doch nicht, mir schien halt...«

»Jetzt sei bitte nicht kompliziert!«

José, sich für einen Augenblick von Ivy lösend, kam nun zu ihnen herüber. Offenbar bester Laune, klemmte er Thomas' Hals in seine fleischige Armbeuge.

»Gleich geht's los, Amigo! Müssen nur kurz noch was klären. Bin gleich wieder da.«

Damit ging er wieder zurück, fasste das Mädchen abermals in seiner zupackenden Art um die Taille und schob sie zielstrebig vor sich her durch ein schmales Tor in der seitlich an die Taverna grenzenden, etwas zurückgesetzten Mauer. Dort verschwanden die beiden im Hinterhof, wo sie sich flugs in einen aus Mülltonnen, gestapelten Gemüsekisten und Bierfasspyramiden gebildeten toten Winkel verdrückten.

»Ich *bin* nicht kompliziert!« sagte Renate. »Es klang nur grade, als tätest du so, als wolltest du sagen, ich solle machen, was ich will, und nicht was ich denke, dass du von mir erwartest, nämlich dass ich mitkomme, aber in Wirklichkeit wäre das nur deine verquere Art, mir zu sagen, dass das genau das ist, was du von mir erwartest, nämlich dass ich *nicht* mitkomme... Also wer ist hier kompliziert?«

»Verdammt Renate komm einfach mit, ja? Bitte. Ich möchte, dass du mitkommst. Du ziehst ein schönes Kleid an und gehst mit mir da hin, okay?«

»Ist dir *das* Kleid nicht schön genug?«

»Doch, doch...«

»Weil ein schöneres hab ich nämlich nicht mit.«

»Nein, es ist wunderbar. Dann ziehst du das halt morgen nochmal an.«

Aus dem Hinterhof schrillte ein kurzer spitzer Schrei.

»Und ich hab auch nicht so coole schräge Labbershirts wie deine süße Miss Shemingway...«

»Ich bitte dich! So was... *brauchst* du doch gar nicht.«

»Und keine löchrigen Muschikneif-Strumpfhosen!«

»Um Gottes Willen, Renate, zum Glück nicht.«

»Was soll denn das jetzt wieder heißen?«

Gerade im rechten Moment kam José wieder über den Vorplatz der Taverna gestapft. Er und Ivy hatten sich ausgesprochen; schöne Grüße übrigens; jetzt konnte der Männerabend beginnen.

»Wo ist sie denn hin die Kleine?« erkundigte sich Renate.

»Nachhause. Oder noch tanzen und weitersaufen, was weiß ich. *¿Vamonos?* Keine Angst, Renate, ich pass schon auf ihn auf.«

Thomas verabschiedete Renate mit einem Kuss. Auch José umarmte sie zum Abschied noch einmal. *¡Hasta mañana!* Es hatte ihn sehr gefreut. Wie zum Trotz, küsste Renate auch ihn.

Die beiden Freunde machten sich auf den Weg. Nicht wissend, wo dieser enden würde, doch voller Vertrauen, José werde schon wissen, wo in El Puerto sich verbarg, was man in Berlin eine *spannende Location* genannt hätte, trottete Thomas neben ihm her.

»Seid ihr eigentlich immer so miteinander?« begann er schließlich.

»Wie, ›so‹?« brummte der andere.

Thomas versuchte, die Geräuschkulisse nachzuahmen, die sein Gezänk mit Renate vor der Taverna untermalt hatte.

José lachte.

»Ach das, vergiss es. Das ist alles Spiel. Sparringpartner, verstehst du. In Wirklichkeit ist die zuckersüß. Wenn wir allein sind, schnurrt die wie ein Kätzchen und macht alles was ich will. Ehrlich, Amigo, das glaubt man vielleicht nicht, wenn man sie so reden hört, aber ich schwör's dir, ich komm nachher nachhause, und egal wie spät es ist und egal wie besoffen ich bin, ich krieg noch einen geblasen!«

»Ach«, sagte Thomas, »dann lebt ihr also schon zusammen?!«

»Sagen wir, sie wohnt bei mir. Vorübergehend. Mal sehen.«

»Verstehe«, sagte Thomas, dem das alles in Wirklichkeit immer rätselhafter vorkam. »Hört sich ja gut an. Glückwunsch!«

Inzwischen hatte José den Weg Richtung Fluss angesteuert. Ein gutes Stück gingen sie die Hafenpromenade entlang; ganz weit vorne, an der Stelle, wo der Guadalete in den Golf von Cádiz mündet, stand wie ein massiver Schatten der Leuchtturm und blinkte im Rund. Ziemlich schlagartig war es kühler geworden, ein kräftiger Westwind brachte frische Meeresluft heran, die sich alsbald in einem feinen Niesel ausregnete. Irgendwann bogen sie in eine Seitengasse, genauer gesagt einen von der Promenade abzweigenden, vom rasch sich verdichtenden Regen bereits stellenweise schlammig aufgeweichten Trampelpfad ein, der quer durch ein Brachfeld zu einer flachen länglichen Baracke führte, dem einzigen Gebäude inmitten des trostlosen, nahezu flächendeckend vermüllten Geländes. Von dem aus rohen Spanplatten zusammen gezimmerten, mit Bitumenmatten gedeckten Schuppen ging das gedämpfte Wummern und Stampfen einer Musik aus, die im Innern ziemlich laut sein musste;

jedoch drang nicht ein einziger Lichtstrahl aus dem anscheinend komplett fensterlosen Bau hervor. Nur aus der einsam überm Eingang sich wölbenden Bogenlampe, offenbar dem abgesägten Kopfstück einer Straßenlaterne, ergoss sich ein trüber urinfarbener Schein auf die schmale Betonrampe, die, am Rand mit einem rostigen Eisengeländer von zweifelhafter Belastbarkeit bewehrt, an der von der Uferpromenade abgewandten Längsseite verlief.

Sie erklommen die Stufen der auf die Rampe führenden kurzen Steintreppe, und Thomas folgte dem Freund die Bretterwand entlang zum anderen Ende. Die massive Eisenpforte, vor der sie nun standen, kam ihm eher zurückweisend als einladend vor, José aber, das Gesicht gegen den auf den ersten Blick kaum erkennbaren Sehschlitz haltend, hämmerte ohne zu Zögern mit der Faust gegen das Türblatt und nahm gleich darauf eine gelassen abwartende Haltung ein. Verglichen mit der vermutbaren Lautstärke der Musik drinnen hatte das Klopfen eher schwächlich geklungen, dumpf und wie in Filz gewickelt; Thomas wäre nicht überrascht gewesen, wenn ihr Einlassbegehren unerhört geblieben wäre. Doch schon wenige Sekunden später erschien burkamäßig in dem Sehschlitz ein Augenpaar. Offenbar erkannte es den Besucher sogleich; die Tür öffnete sich, und sie traten ein.

Das Innere des Schuppens bestand aus einem einzigen kargen Raum. Links und rechts eine lange Reihe schmaler Tische und Bierbänke; der freigelassene Platz im Zentrum diente als Tanzfläche. Von der Decke hing mittig eine Discokugel und besprenkelte Teile der kahlen Wände mit bunten Reflexen. In einer Ecke, abgetrennt durch einen winkelförmigen Tresen, der Barbereich. An zwei Stellen ragten aus den Wänden mächtige Metallarme, an denen jeweils Fernsehgeräte befestigt waren, beide eingeschaltet, aber ohne Ton. Seit Stunden lief hier dasselbe Programm, und zwar das Fußballspiel Cádiz CF gegen Barça, das bereits am Abend stattgefunden hatte und dessen Aufzeichnung nun in einer Endlosschleife bis in den frühen Morgen abgespielt werden würde. Souverän hatten nämlich die Katalanen gegen Cádiz mit 4:1 gewonnen, und das nicht zuletzt aufgrund der überragenden Leistung des aus El Puerto gebürtigen Sergio Pinto, der seit neuestem dafür zuständig war, den Kasten des Weltklasseclubs sauber zu halten; die Demütigung der arroganten CF-Schlappschwänze von der verhassten Nachbarstadt aber konnte man sich in El Puerto nicht oft genug ansehen. Ganze Pulks überwiegend männlicher, überwiegend rauchender Gäste drängten sich auf Bänken und Tischen in der Nähe der TV-Geräte. Dass das Spiel stumm lief, störte niemand; man kannte es ohnehin so gut wie auswendig und übernahm das Kommentieren mit Leidenschaft, sich gegenseitig in Expertise übertrumpfend, gerne selbst.

Auf dem Tanzparkett war alles vertreten: junge Männer in Glitzerhosen mit nacktem Oberkörper, in den Farbtopf gefallene Hausfrauen mit riesigen Dauerwellen, gelhaarige Dorfstutzer in spitzen Schuhen und hemmungslos herausgeputzte Mädchen von provinziell gepflegter Nuttigkeit, sich adrett und schüchtern im Takt verbiegend mit ihren unter den Arm geklemmten Clutches, die in allen Lackfarben im Discolicht glänzten; mittendrin eine kahlköpfige Alte in grauem Rock und Strickjoppe, die den Rumpf von einem steifen Bein aufs andere wiegte und dazu einzahnig lächelte. Die Musik wechselte zwischen hektischem Flamenco-Pop und triefend sentimentalen Stehblues-Nummern.

Der Laden war nicht überlaufen, im Tanzbereich war genug Platz für den Ausdruck jeder Individualität, sogar noch mit Leerstellen dazwischen. Leicht hätte so auch ein Eindruck von Verlorenheit entstehen können; Thomas aber war überzeugt, noch nie so viele glücklich dem Augenblick hingegebene Menschen auf einem Platz versammelt gesehen zu haben. Viel fehlte nicht und er bekam Lust mitzutanzen.

José indes steuerte zielstrebig die Bar an. Thomas folgte. Sie bestellten zwei Veteranos und stießen an.

»A tu salud, muchacho!«

Eine Weile saßen sie schweigend und beobachteten die Vorgänge auf der Tanzfläche. Ab und zu griffen sie nach ihren Gläsern, prosteten sich zu und tranken.

Johlen vor den Fernsehern. Rubiatos Direktschuss war eigentlich unhaltbar gewesen, aber Pinto, grade so mit den Fingerspitzen noch dran, tippte die Kugel den entscheidenden Zentimeter höher: Latte!

»Da die Kleine mit den Korkenzieherlocken ist nicht übel!« sagte José.

Thomas beugte sich zu ihm, um den Blick auf die Spur seines Blickes zu setzen, wobei er sich, um nicht vom Barhocker zu fallen, an Josés Schulter festhalten musste.

»Die mit der Rüschenbluse? Ja, die hat was.«

»Ja, vor allem in der Bluse.«

»Also die würd ich.«

»Claro, hombre. ¡Corto y derecho!«

Sie nahmen noch zwei Veteranos und fuhren fort, die Frauen auf der Tanzfläche zu begutachten.

Es war alles wie früher.

Nach dem dritten Veterano kündigte Thomas mit einem Räuspern einen Themenwechsel an. Er zog auch ein anderes Register. Es klang ernst und zunächst auch ein wenig unsicher, so als wäre es lange nicht gebraucht worden.

»Ich war sehr froh über deinen Brief«, begann er.

José schaute abwartend auf sein Glas. Thomas' Worte hatten sich nach einer Introduktion angehört, aber erst einmal folgte darauf nichts.

»Ich freu mich, dass du hier bist«, sagte José schließlich.

Danach schwiegen sie eine Weile.

»Jetzt bin ich verheiratet«, sagte Thomas dann.

»Ja«, sagte José. Wieder folgte Schweigen.

»Ich wollte mich schon lang bei dir melden«, setzte Thomas von neuem an. »Aber irgendwie hatte ich das Gefühl, ich muss vorher erst heiraten.«

José schnaubte kurz und trocken und grinste vor sich hin.

»Und selbst jetzt«, fuhr Thomas fort, »selbst jetzt war ich mir nicht sicher, ob du mir antworten würdest.«

»Hab ich aber«, sagte José.

»Eben«, sagte Thomas. »Und darüber war ich sehr froh.«

»Schön. Dann ist ja alles gut.«

»Ja.«

Thomas nahm einen Schluck.

»Ich meine, ist es?«

»Alles gut«, wiederholte José.

»Gut«, sagte Thomas.

Sie stießen an. Vorne in der Südkurve brach Gelächter aus. Mit einem genialen Doppelpass hatten Messi und Eto'o diese Null Casilla, den Keeper von Cádiz, nach Strich und Faden verladen. – Abstauber! – Aber kuck mal hin, wo López steht! Irgendwo im Nirgendwo! – Ein Schritt vor und wär Abseits gewesen! – Naja, Glück gehört halt auch dazu im Fußball.

»Weißt du«, sagte Thomas nach längerer Pause, »als nach zwei Wochen noch keine Antwort von dir kam... okay, mir war klar, dass du Zeit brauchst... Aber ich hab echt tagelang gezittert...«

»¡Ay! lo siento, amigo. Hab ich dich sehr leiden lassen?«

José imitierte ironisch eine flehende Geste.

Thomas machte sich eine Zigarette an. »War echt die Hölle, Hombre!« nuschelte er dabei.

Aus Josés Bart lächelte etwas. Wie früher, wenn er den Freund nach einem weniger geglückten Übungs-

kampf aufmuntern wollte, tätschelte er leicht Thomas'
Wange.

»Weißt du, Amigo, als dein Brief kam, da hatten ich
und Ivy uns grade kennengelernt. In der ersten Woche
haben wir von morgens bis abends nur gebumst. Da
blieb zum Schreiben echt nicht viel Zeit.«

Thomas nickte verständnisvoll. Das konnte er sich
vorstellen.

»Aber als deine Antwort dann doch kam, *da* hatte
ich erst Schiss! Ob du's glaubst oder nicht, ich hab mich
nicht getraut, den Brief aufzumachen. Einfach nicht getraut. Den ganzen Tag, bis zum Abend, bis Renate da
war. Mann, ich hatte wirk! lich! Schiss!«

José sah Thomas grinsend an.

»Du dachtest, ich will dich immer noch umbrin-
gen.«

Scheinbar geistesabwesend, drehte Thomas sein
Glas um die eigene Achse, dabei überlegend, ob das
wirklich stimmte.

»Naja. Irgendwie schon«, sagte er schließlich.

»Wegen dieser Bianca Dolores oder wie die hieß.«

»Blanca Isabel. Du... du hast sie geliebt.«

»Na und. Die mich aber nicht, was soll's. Weg mit
Schaden.«

Er habe seitdem dutzende Frauen gehabt, führte
José mit überzeugender Beiläufigkeit weiter aus, die
ein besserer Fick gewesen waren. Die bärtige Olivenkönigin war nur eine orgasmusgestörte Wichtigtuerin
mit Blashemmung, mit der er, José, nicht viel verloren,
und er, Ernesto, bestimmt nichts Bedeutendes gewon-

nen hatte. Aber das hatte er ja offensichtlich damals selbst recht bald herausgefunden.

»Also Schwamm drüber. Jetzt sind wir hier. Du bist hier, ich bin hier; ich freue mich, du freust dich; wir machen uns einen lustigen Abend, basta!«

Wieder stießen sie ihre Gläser aneinander und tranken.

»Mal was von ihr gehört seitdem?« fragte Thomas schließlich.

»Blanca Isabel? Nein, nichts. Du?«

»Nein. Manchmal frag ich mich, was sie wohl jetzt macht.«

»Ist mir scheißegal. Kann rumficken wo sie will.«

»Ich meinte jetzt mehr so beruflich.«

»Ja«, brummte José in seinen Bart. »Ich auch.«

Damit schob er sein Glas auf die andere Seite des Tresens, hob die Hand zu einem Zeichen, das gleichzeitig einen Schwur oder auch eine Zwei bedeuten konnte, drehte sich auf dem Barhocker um und schaute wieder auf die Tanzfläche. Das Thema war durch. Zum Glück hatte er verhindern können, dass Thomas noch sagte, dass es ihm leidtat.

Im Fernseher mündete die Partie jetzt in ihre dramatische Schlussphase. Zum vierten Mal musste der Strafstoß in der 89. Minute hitzig diskutiert werden. – Also wenn Abidal da *so* rein geht... ! – Ach komm! War doch nix. Schiri, Schmieri, sag ich da nur! – War für mich kein Elfer. Im Leben nie war das ein Elfer! – Dann die Welle: Hoooooo! – überschwappend ins Auffangbecken erleichterten Jubels: Pinto hat gehalten! Pinto, du coole Sau! Zeig's ihnen, zeig's ihnen allen!

Auf der Tanzfläche kamen die Mädchen allmählich in Fahrt. Ein einziges Getümmel schleudernder Pferdeschwänze, wippender Brüste, schwingender Ärsche.

»Würdest du Renate ficken?« fragte Thomas unvermittelt.

»Was?!«

»Ob du Renate...«

»Bist du besoffen. Ich kann doch nicht deine Frau ficken.«

»Ich sag nicht, dass du *kannst*. Ich will wissen, ob du *würdest*.«

»Du hast sie nicht mehr alle.«

»Würdest du oder nicht? Ist doch ganz einfach. Du erklärst doch sonst auch bei jeder Frau, ob du sie ›würdest‹.«

»Renate ist nicht jede Frau.«

»Sie ist *eine* Frau.«

»Ja und zwar deine. Wie kommst du jetzt überhaupt da drauf? Frag ich dich vielleicht, ob du Ivy ficken willst?«

»Nein, eben nicht.«

»Wie, ›eben nicht‹?«

»Das ist es ja«, rief Thomas, schon ein wenig lallend, »mich fragst du eben nicht. Warum? Weil das eh klar ist. Weil jeder gern Ivy ficken würde. Deswegen musst du nicht fragen. Aber ich, ich frage dich. Weil das eben nicht so klar ist.«

»Vielleicht ist das ja auch gut so.«

»Was ist gut so?«

»Dass es nicht klar ist.«

Thomas strengte sich an, Josés Worten einen Sinn abzugewinnen, scheiterte aber vorerst damit.

»Stört es dich eigentlich, wenn ich sage, dass ich Ivy gern ficken würde?«

»Eigentlich nicht. Weil nämlich Ivy *dich* nicht ficken will, das ist das Entscheidende. Der Rest ist mir scheißegal.«

»Siehst du. Das ist es eben.«

»Ist eben was?«

»Ich glaub nämlich, dass Renate *dich* gerne ficken würde.«

»War jetzt nicht so direkt mein Eindruck. Ist aber auch egal.«

»Weil du sie eh nicht ficken würdest.«

»Ja, Mann. Weil sie deine Frau ist.«

»Sonst schon?«

»Jetzt hör auf.«

»Also ich bin mir sicher, wenn ich dir jetzt den Zimmerschlüssel gebe, und du gehst ins Hotel und klopfst an, *¡Hola Renate! ich bin's José* – sie lässt dich rein. Zimmer 33. Bin ich mir ganz sicher.«

José schüttelte den Kopf.

»Und ich weiß genau«, fuhr Thomas fort, indem er den Zimmerschlüssel auf den Tresen zwischen ihre Gläser legte, »ob du nun hingehst oder nicht, sie liegt in diesem Moment im Bett und träumt davon dass du sie fickst.«

José nagelte den Schlüssel mit dem durchgestreckten Zeigefinger auf dem Tresen fest.

»Dann kann ich ja genauso gut auch hingehen: ist es das, was du damit sagen willst?«

Thomas antwortete mit einer fatalistischen Geste. Gespannt verfolgte er den Weg des Schlüssels, der sich auf dem Tresen wie von Geisterhand in Richtung José zu bewegen schien. Da plötzlich schnappte der sich den Schlüssel, hob ihn triumphierend hoch, ließ ihn in der Luft zappeln wie einen am Schwanz gehaltenen Fisch – und warf ihn Thomas in den Schritt.

»Pass mal auf du Idiot. Ich versteh ja wenn du denkst, du hättest bei mir was gut zu machen. Aber so läuft das nicht. Die Sache ist für mich gegessen. Damals war damals, heute ist heute. Ich fick *meine* Olle, du fickst deine, wir sind Freunde, Ende der Durchsage!«

Einen Moment blieb Thomas reglos sitzen. Eingefroren unter Josés Blick, dessen Gesicht mit dem Bart in eine einzige Finsternis zusammengeflossen war, kam ihm sein eigenes Antlitz vor wie ein angehaltenes Filmbild, das unter der Hitze der unablässig hinter ihm fortglühenden Projektorlampe langsam vom Mittelpunkt her zerschmilzt. Aus diesem kläglichen Zustand der Auflösung heraus starrte er José an. Das geradezu fanatisch unduldsame Freundesmachtwort verstörte ihn nicht weniger, als wenn der Ex-Matador eine offene Morddrohung ausgesprochen hätte.

Endlich ließ sich Thomas in einer Art weichgezeichneten Zeitlupe vom Barhocker herabgleiten, hob den inzwischen von seinem Schoß herabgefallenen Zimmerschlüssel auf, steckte ihn ein und richtete sich vorsichtig wieder auf. Während der kurzen Unterbrechung, in der er Josés Anblick nicht ausgesetzt war, gelang es ihm, sein Gesicht notdürftig mit einem scheelen Lächeln zu retuschieren.

»War nur ein Test, Amigo!« sagte er nun, mit einem Klaps auf des Freundes mächtigen Oberarm.

Zwischen Josés zusammengekniffene Brauen passte kein Blatt Papier. Doch dann begann die Finsternis sich langsam aufzuhellen. Unaufhaltsam wühlte sich die geballte Gutmütigkeit daraus hervor, und am Ende wurde die ganze Masse Mann von einem dröhnenden Lachen erschüttert.

»Ich wusste es! Alter Halunke, ich wusste es von Anfang an!«

Darauf umarmten sie einander, und soffen weiter.

Als sie aus dem Tanzschuppen heraus wankten, lag schon ein fein gesiebtes Dämmerlicht über dem Platz. Der Regen, der zwischendurch recht heftig heruntergegangen sein musste, hatte aufgehört, aber es war immer noch kühl. Vom Golf her fegte kristallin eine böige Brise, die Feuchtigkeit kroch unter die Hemden, fädelte sich in die Hosenbeine. Beide hatten sich für den Abend, der anfangs noch lange in der gestauten Hitze des Tages dahin brütete, sommerlich angezogen; schon der Weg vom Hotel zur Taverna war einem vorgekommen, als müsste man sich durch einen heißen Luftbrei hindurchfressen; drinnen dann, erst recht danach im Club, war es sogar noch wärmer und drückender gewesen als draußen in den Gassen. Jetzt fröstelte man geradezu. Mehrmals musste Thomas husten. Die Meeresluft schmirgelte die Gesichtshaut wie eisgekühltes Schleifpapier. Auch José räusperte sich immer wieder geräuschvoll, sagte *Bah!* und kodderte im Gehen neben sich.

Als sie die Uferpromenade zurückgingen, sah man draußen im Golf die Positionslichter der ersten Fischkutter ihre roten und grünen Bahnen ziehen. Auf der Plaza de la herrería in der Nähe des Hafens, wo ihre Wege sich trennen würden, setzten sie sich auf eine Bank und rauchten eine Abschiedszigarette. Rund um die Plaza war es ganz still.

»Ich freu mich wenn ihr beide morgen kommt«, sagte José.

Thomas machte ein ernstes Gesicht.

»Du, ich muss dir was sagen. Renate hat sich das nochmal überlegt. Sie äh... sie mag dich, aber sie will doch lieber keine Stierkämpfe sehen. Sie ist halt doch sehr empfindlich.«

Für einen Moment schwieg José betroffen.

»Schade«, sagte er dann. »Aber klar, man kann niemand zwingen.«

»Ja, leider«, sagte Thomas. »Sie meinte, fast hättest du sie überredet, und eigentlich war sie auch neugierig und hat angefangen sich zu interessieren, aber halt nur intellektuell. Und am Ende war da dann doch dieser Widerwille, dieser, ähm, *körperliche Widerwille*, sagt sie.«

»Claro, hombre. Musst du mir nicht erklären.«

»Und, nun ja...«, fuhr Thomas zögerlich fort, »also es ist so, ich hab ihr dann versprochen, dass wir doch morgen fahren nach dem Frühstück, weil äh... sie hat nämlich auch ihre Tage gekriegt, vorhin, gleich nach dem Essen. Da geht's ihr dann sowieso nicht so gut meistens.«

»Kenn ich«, sagte José . »Ist immer scheiße, wenn sie bluten.«

»Ja«, sagte Thomas . »Ist immer scheiße.«

»Musst du höllisch aufpassen, dass du nichts Falsches sagst. Kriegen gleich alles in den falschen Hals dann.«

»Eben. Und deswegen dachte ich, besser ich fahr mit ihr morgen, weißt du.«

José warf die Kippe auf den Boden und trat sie aus.

»Schade, echt«, sagte er. »Aber hab ich mir fast schon gedacht, als ihr vorhin so lang diskutiert habt da draußen.«

»Ein andermal«, sagte Thomas. »Ich komm mal alleine. Dann gehen wir in die Arena, *solo tú y yo*. Dann können wir auch einen richtigen Kampf sehen, und niemand nervt und memmt rum oder weiß alles besser.«

Sie beschlossen es mit Handschlag und Umarmung.

José hielt Thomas etwas länger an den Schultern fest.

»Hör mal«, sagte er, »ich hab mir was überlegt. Wer weiß wann wir uns wiedersehen und wie lang das dauert bis du allein kommen kannst. Aber ich lass dich ungern hier weg, ohne dass du nicht wenigstens meine Schule gesehen hast. Ist immerhin so ne Art Lebenswerk, das ich mir da aufgebaut hab. Ich kann es dir zeigen, jetzt gleich, ist hier um die Ecke, paar Minuten!«

Thomas überschlug im Kopf, wie spät beziehungsweise früh es wohl sein mochte, kam zu dem Schluss, dass es jetzt auch nicht mehr drauf ankam, und sagte: »Na dann!«

Auf halber Länge der schnurgeraden Gasse, die sie stadtaufwärts gingen, erstreckte sich die an vielen Stellen bis auf den rohen Stein abgeblätterte Fassade der stillgelegten Bodega, in der sich nun die Escuela Taurina Sánchez befand. Durch das ehemalige Werkstor betraten sie das Gelände und steuerten eine der riesigen flachen Lagerhallen an, die dort in mehreren Reihen gestaffelt standen.

Der Ex-Matador hatte die Halle komplett entkernt, bis auf vier dicke Betonpylone, zwischen denen, ein weitläufiges Rechteck umschließend, eine Reihe fester Schnüre gespannt war. An ihnen waren in dichtem Abstand zahllose bunte Wimpel befestigt, die jetzt, als José und Thomas eintraten, geräuschvoll im nächtlichen Luftzug flatterten. Es war noch nicht alles perfekt eingerichtet in der Halle; in den Ecken lagen Haufen von Bauschutt, umgekippte Kessel und verrostende Destillieröfen; der Sand aber, mit dem José auf der zentralen, den größten Teil des abgeteilten Raumes einnehmenden Fläche den Betonboden kreisförmig hatte bedecken lassen, war von bester Qualität. Das Kampffeld dieses improvisierten Coso war nur ungefähr halb so groß wie das eines richtigen, aber für Übungszwecke reichte es aus. Rings um die Sandfläche standen ein paar Reihen Bierbänke, und die Barrera war durch eine Doppelreihe mit Absperrband verbundener alter Sherryfässer angedeutet.

»Das ist sie«, sagte José mit stolz ausladenden Armbewegungen. »Meine Maestranza!«

»Wow«, sagte Thomas.

Andächtig schritt er den äußeren Kreis der Kampfzone ab. Ab und zu blieb er stehen, drehte sich um sich, nahm die Atmosphäre des Raumes auf. José hatte die Halle zu einem Zeitpunkt erworben, als sich hierzulande noch niemand für das nostalgische Potential verrottender Industrieanlagen interessierte; das damals bereits in der Mitte eingestürzte Dach hatte er, bis auf einen äußeren Kranz, der nur noch die hinterste Bankreihe beschirmte, ganz entfernen lassen, sodass sich über dem Sandfeld nun der Himmel wölbte wie in einer richtigen Arena. Es zog; Thomas fröstelte in seinem bloßen Hemd. Vielleicht wäre es besser gewesen, vorher noch im Hotel vorbeizugehen und die Jacke zu holen. Vielleicht wäre es noch besser gewesen, gleich im Hotel zu bleiben, sich zu Renate zu legen und die ganze Schnapsidee im Schlaf verdunsten zu lassen. Aber hier war man nun. Thomas durchschritt das Sandfeld, ging auf die Mittelzone zu. Der vom nächtlichen Regenschauer aufgeweichte Sand klebte an den Schuhen, die Schritte waren schwer. Im Zentrum angelangt, nahm er, etwas ironisch, aber nicht ohne Genuss, eine stolze Matadorhaltung an und grüßte ein imaginäres Publikum.

»Sieht immer noch gut aus!« rief ihm José von seinem Platz an der Barrera zu.

Thomas hatte tief eingeatmet, dann verzog er das Gesicht. Im Raum hing noch der Geruch nach Destille, der sich mit dem nach Stall, feuchtem Sand, Stierschweiß und -pisse zu einem Gemisch verband, aus dem seine feine Nase außerdem eine penetrant stechende Obernote herausfilterte, die er nach kurzer Abwägung als den unverkennbaren Gestank von Kotze identifizierte.

»Das waren diese Wichser von PETA«, erklärte José, dem Thomas' leicht angewidertes Schnüffeln nicht entgangen war, und kodderte grimmig in den Sand. »Feige Arschlöcher. Oben in der Real trauen sie sich natürlich nicht, da hat die Security ein Auge drauf. Aber mit uns Kleinen kann man's ja machen.«

José führte Thomas nun durch die mit Rigipswänden vom zentralen Platz zwischen den Pylonen abgetrennten Nebenräume: sein Unterrichtszimmer mit Schulbänken, Tafel, Pult und Videobeamer, die Umkleiden mit den Spinden und die Abstellkammern für die diversen Gerätschaften. In einer davon stand, vornüber gebeugt und mit der Schnauze in eine Ecke gelehnt, der Übungskarren mit der Stierkopfattrappe.

Einer sentimentalen Anwandlung folgend, machte Thomas einen Schritt auf den Carrito zu und tätschelte liebevoll das mit schwarz gefärbter Wolle umkleidete Pappmaché. Es kam ihm vor, als ginge sogar von dem skurrilen Simulacrum ein strenger Stiergeruch aus.

Plötzlich klatschte José in die Hände.

»Lass uns kämpfen! Eine Runde. Wie in den alten Zeiten.«

Thomas lachte. »Was für eine bescheuerte Idee, José, wir sind beide total besoffen.«

»Hombre, da hab ich heut Abend schon deutlich bescheuertere Ideen gehört! Komm schon, das wird doch lustig. Zwei Runden, einmal ich Stier, dann du. Wir üben erst ein Recibo und dann ein drittes Tercio, einverstanden?«

Schon hatte er sich umgedreht und einen anderen Raum geöffnet, in dem er für kurze Zeit verschwand, um schließlich, Capa und Muleta über einen Arm gelegt, in der anderen Hand Stock und Degen, wieder vor Thomas zu erscheinen.

»Fang, Maestro!«

Reflexhaft streckte Thomas den Arm aus und schnappte sich die Capa. Vorsichtig, leicht fremdelnd ließ er das Tuch durch die Hände gleiten. Dann begann er ein paar Probeschwünge zu machen. Es sah ein wenig ungelenk aus, als machte er es zum ersten Mal und wüsste nicht recht, wie es ging. Er hob das Tuch an die Nase. Es roch nach billigem Waschmittel, aber auch ein wenig nach den Stieren, die schon darunter hindurch gelaufen waren.

»Ist wie Radfahren«, sagte José. »Verlernt man nicht. Sah schon sehr gut aus grade.«

Wie hypnotisiert, probierte Thomas ein paar Posen, dann noch einige Lances. Die Schritte in dem breiigen Sand waren mühsam, auch der Alkohol tat das seinige; aber die Schwünge mit dem Tuch wurden besser. Fast zwanzig Jahre lang hatte er keine Capa geführt; nun erwies sich das Gedächtnis der Hände doch als verlässlich. Nach ein paar Versuchen fühlten sich die Bewegungen schon fast natürlich an, wenngleich Thomas nicht nur der Sand, sondern auch die Luft in der Halle schwerer und weniger durchdringlich vorkam als früher bei den Kämpfen am trockenen heißen Nachmittag. Da war die Capa wie beflügelt vom feinstofflichen Tanz der aufgeheizten Moleküle durch die Luft gesegelt, die jetzt ein dunkles, fast triefendes Plasma war, durch das die Schwünge sich gleichsam hindurchfräsen mussten. Aber Thomas fühlte sich gut. Er bekam Lust auf das Spiel.

José hatte die Schuhe ausgezogen und die Hosenbeine hoch gekrempelt. Thomas tat das gleiche. Das Hemd, das er bis dahin lose über der Hose hängend getragen hatte, stopfte er unter den Gürtel. Mehr ähnelten die beiden nun den verwegen zerlumpten Gestalten auf Goyas Stierkampfstichen als den herausgeputzten modernen Toreros im Lichteranzug. Ein wenig freilich auch kleinen Jungs im Sandkasten, mit diesem feuchten körnigen Kitzeln zwischen den Zehen und unter den nackten Fußsohlen.

»Ich komm von hier«, kündigte José an, der bereits geduckt den Stierkarren vor sich herschob. »Du empfängst mich hier. Mach ein paar Veronicas, dann sehen wir weiter. ¿Listo?«

Thomas ging in Position, breitete das Tuch mit beiden Händen aus und erklärte sich bereit.

Der Stier kam hereingestürmt und kippte erst mal um.

»Scheiße«, lachte José, sich wieder aufrappelnd. »Gar nicht so einfach in dem Schlamm hier. Muss man das Tempo gut dosieren. Kannst du dir schon mal merken für nachher. Also, nochmal.«

Und er kehrte mit dem Karren um, sperrte sich hinter einem imaginären Toril ein und stemmte die Fußsohlen in den Sand. »¿Listo?« rief er wieder, imitierte das Geräusch des geöffneten Gitters und stürmte von neuem auf den Platz, den Karren mehr stoßend als schiebend. Nach einigen Schritten blieb er abrupt stehen, Thomas fest im Auge, mit geducktem Kopf zwischen den Hörnern des Stierkopfs visierend.

Thomas konnte sehen, wie sich Josés Unterarmsehnen spannten, als dieser die Griffe des Karrens fester packte. Sanft und ruhig streichelte die Capa über den Sand; dann zuckte das Tuch scharf und fordernd auf und ab.

»Eh! Hoh! Toro!«

Und der Stier griff an. Und Thomas ließ ihn in die Capa laufen, schwang sie hoch über die Hörner, drehte sich und erwartete in neuer Position den Angreifer, der inzwischen bis dicht an die Barrera geprescht war und dort eine Wende versuchte.

Das Spiel begann von vorn. Nach und nach kontrollierte José Tempo und Beweglichkeit des Karrens besser. Aber er schuftete schwer. Einmal in Fahrt geraten, wurde der aus Mensch und Karren zusammengesetzte Hybridstier zu einer gewaltigen bewegten Masse, kaum zu stoppen. Josés stampfende Schritte, halb absichtlich theatralisch den Stier mimend, halb aus der Not geboren, den Karren auf dem sperrig feuchten Untergrund ins Rollen zu bringen, schleuderten dicke Placken durch die Luft und hinterließen im Sand tiefe Gruben; an manchen Stellen sah man schon den Betonboden durchschimmern.

Die Manöver wurden enger, folgten schneller. Der Stier kam näher an den Mann, umrundete ihn, streifte ihn. Aber auch Thomas wurde besser. Immer flüssiger gingen die Lances ineinander über, immer eleganter flog und schwang das Tuch. Gehorsam folgte der Stier den Bewegungen, die ihm die Capa vorskizzierte; und Thomas stand fast auf der Stelle, bewegte sich nur minimal und wich stets im entscheidenden Moment mit einer leichten Drehung oder Biegung des Körpers dem Anstürmenden aus, begleitet von den leisen, fast zärtlichen Kommandos, aus denen sich der einseitige Dialog des Toreros mit dem Stier zusammensetzt.

José der Stier ackerte. Immer weiter ausgreifende Wendekreise benötigte er für seine Richtungswechsel, geschüttelt und aus der Bahn geschleudert vom eigenen Lachen über sein immer übertriebener gemimtes Stierschnauben, unterbrochen von Rülpsern und kodderndem Suffhusten. Einen Moment musste er, auf ein Sherryfass gestützt, verschnaufen.

»Ich hab's dir ja gesagt, man verlernt es nicht«, frohlockte er keuchend. »Hombre, du bist schon fast wieder so gut wie früher. Deine Veronicas sind jetzt schon besser als meine je waren; mein Herz jubelt wenn ich so was sehe. Du hast es einfach drauf!«

Thomas lachte. »Ganz ehrlich, Amigo, mit einem Stier wie dir würde jeder Bauer eine gute Figur machen!«

»Könntest Recht haben«, gab José zu, kodderte neben das Fass in den Sand und richtete sich auf. Wieder packte er die Griffe des Karrens und startete einen neuen Angriff.

Thomas fühlte sich jetzt fast nüchtern. Oder doch berauscht, aber nicht mehr vom Alkohol. Es war ein anderer Rausch, der alte Rausch der Könnerschaft, der Rausch der Sicherheit und Leichtigkeit in der Beherrschung einer schwierigen Kunst. Sich drehend mit der Capa wie ein Segler, der auf die feinsten Veränderungen im Windeinfall reagiert, bald hier nachgibt, bald dort dichtholt, immer auf Kurs bleibend, war Thomas bald selber fast nur noch ein Tuch. Er flog. Die Bewegungen geschahen, er überließ sich ihnen. Der Quell, der in ihm angezapft worden war, sprudelte, flutete sein Ich, trug es wie einen Schwimmer, nein, wie einen Fisch.

Stampfend und rackernd, konnte José sich dennoch nicht mit Anfeuerungen und Lobesarien zurückhalten.

»Ah, diese Gaonera! Mann, aus dir hätte echt was werden können. Und weißt du was, ich werd selber immer fitter jetzt! So wie du hier eine Lance nach der anderen hinlegst, das reißt einen richtig mit, ich könnte die ganze Nacht so weitermachen!«

Aber irgendwann musste José den Karren doch aus den Händen geben. Er war völlig außer Atem, der Schweiß rann ihm in Strömen über Gesicht und Brust; er bekam einen Hustenanfall und musste gleich mehrmals koddern. Seine Hände waren rot und schwielig, an der einen war die Haut aufgerissen; es blutete.

»Scheiße Mann. Das war super. Und du bist immer noch super. ¡Qué festejo! Richtig was für's Auge. Ah, weißt du noch früher, wie wir's uns immer gegeben haben auf der Schule. Ich hab mich so oft daran erinnert. Wie sie uns angefeuert haben, Jaime und Chema und Rodrigo und Adolfo dieser Irre, der immer für den Stier war, egal wer den Karren schob, weißt du noch.«

Thomas lachte mit José.

»Bueno«, sagte José, als er genug verschnauft hatte. »¡Ahora al revés! Aber mach mir einen guten Stier! Einen von der alten Schule, nicht so ein Maricón, so ein modernes Schwuchtelkalb mit abgeschliffenen Hörnern. Ein Celoso, ein richtiger Killerbulle, mit solchen Cojones, klar? Aber wart noch einen Moment. Ein bisschen feierlich soll es auch sein. Bist du so gut?«

Thomas verstand; er holte die Muleta und die Schatulle mit dem Degen, überreichte dem nunmehrigen Matador beides, dieser verneigte sich, und Thomas wurde zum Stier.

Der Pez Espada drapierte die Muleta am Stock, ergriff den Degen, begab sich in Position. Schwer schabte das Tuch über den Sand, fast ein Röcheln.

Thomas hielt die Griffe des Karrens umklammert und verharrte geduckt hinter der großen schwarzen

Schädelattrappe. Der Sandbrei quetschte sich durch die Zehen. Das Hemd klebte.

So würdevoll es eben ging, schritt José, von Thomas abgewendet, Richtung Barrera; dann stellte er sich zwischen zwei Sherryfässer an der Schmalseite der Halle, dort, wo in einer echten Arena auf der Empore der Präsident sitzen würde, und sprach die Widmungsformel.

»Señor Presidente, mit Ihrer Erlaubnis widme ich diesen Stier...«

Er stockte. Thomas fühlte einen kalten Luftzug am Leib.

»Ich widme diesen Stier... *allen politisch korrekten Weicheiern Europas*!«

Dann ging er in Position. Seine zusammengepressten Lippen imitierten die grellen Fanfaren, die den letzten Akt der Corrida ankündigen. Ein letztes Mal lachten die beiden Männer. Dann ließ José die Muleta aufklappen.

»Ho! Toro! Ahó!«

Das Tuch zuckte.

Und es fing an.

Thomas brachte den Karren ins Rollen, langsam, behutsam, wie José ihm warnend empfohlen hatte. Ab und zu blockierte das Rad, das im Übrigen auch nicht ganz sauber ausgewuchtet war, in dem schweren widerborstigen Sand. Doch Thomas meisterte auch diese Schwierigkeit. Nach und nach bekam er ein Gefühl dafür, wie man die eigene Muskelspannung und den Widerstand der Materie einander anpassen musste. Mäßig schnell, aber in entschlossenem Fluss, bewegte sich der Stier auf das Tuch zu.

José schleifte die Muleta vor der abgesenkten Schnauze her und ließ sie hinter seinem Rücken verschwinden, sobald der Stier an ihm vorbei war.

»¡Olé!« rief José, jubelnde Einmann-Menge, sich selber zu.

Thomas stoppte, drehte den Karren, fixierte den Matador erneut. Die Veronica war plump und nachlässig gewesen wie immer bei José. Mit seiner massigen Gestalt unternahm er erst gar nicht den Versuch, ballettöse Kapriolen zu schlagen und Eleganzpunkte einzuheimsen. Ganz wie früher, bewegte sich der Ex-Matador nur so viel als nötig, um den Stier seinerseits in Bewegung zu versetzen, ihn zu locken oder abzulenken. Nur so viel als nötig, dass die Leute begriffen, wer hier mit wem spielte.

Thomas startete einen weiteren Angriff. Er kam näher an den Mann, aber José stand wie ein Pflock. Ließ den Stier um sich herumlaufen, links, rechts, links. Thomas steigerte das Tempo, verengte den Wendekreis. Er beherrschte den Karren jetzt vollkommen. Der Kampf gewann an Dynamik, die Manöver schlossen sich zu übergeordneten Formgestalten zusammen; es war schön. Doch Thomas fühlte, dass er als Stier immer noch zu lahm und pflegeleicht war. So ein Manso, wie er war, würde den Schwertfisch nicht aus der Reserve locken.

José war in Position. Der Stier schielte an der Muleta vorbei, auf das Bein, in den Schritt des Matadors.

»¡Ho!« rief José. »¡Toro!«

Thomas fixierte den Matador. Aber er griff ihn nicht an. Er sammelte Kraft. Sein Schnaufen klang jetzt fast wie das eines echten Stiers, aber es war kein Stierspielen mehr, keine Stierschnaub-Imitation. Er schnaubte wirklich. Und nicht mehr nur vor Anstrengung.

Da stand er, der Pez Espada, der Natural Born Killer, mit seinem unerschütterlichen Beharrungsvermögen, unbeweglich, unumstößlich. Es war wie früher. José, der Matador-Matador. Er, der den Namen der Profession beim Wort nahm.

Warum fühlte Thomas auf einmal eine solche Wut? Er begann den Matador zu hassen. Und zum ersten Mal spürte er, wie sich in ihm die Verwandlung vollzog, die Bartolomé Chispa im Unterricht immer verlangt hatte. Du musst der Stier *sein*, hatte der Maestro Thomas angeschrien, wenn er wieder einmal mit dem Karren zu lasch und zu freundlich auf seinen Gegner zugetrabt war. Du bist wütend! Wütend auf den Kerl da, der dich töten will! Du hast die ganze Wut deiner Rasse im Bauch, in den Eiern! Du musst den aufschlitzen, jetzt oder nie, sonst sticht er dich ab! Diese Energie will ich sehen, wenn du ihn attackierst, die musst du fühlen, damit du kapierst, was abgeht, wenn du nachher selber gegen den Stier antrittst. Ran an den Mann!

Das war es. Der Stier sein. Er würde nicht noch einmal den Fehler machen, Identifikation mit Empathie zu verwechseln. So nah und so deutlich, als steckte der Meister selber mit ihm unterm Stierkopf, hörte er wieder die Stimme Chispas; es war, als schnaufte Thomas sein Stierschnaufen in den Hohlraum der Attrappe hinein und als Echo kämen die Worte des Lehrers zu rück, in einer mystischen Transformation von animalischem Geräusch in Sprache. Ja: Nicht mit dem Degen tötet man den Stier, sondern mit dem Herzen – *aber mit dem Herzen eines Stiers!* rief die Stimme.

Thomas spannte die Fäuste um die Griffe. Er würde den Matador umrennen, ihm die Kunsthörner seines Stier-Alter-Egos in die Weichen rammen, zustoßen, wieder und wieder, ihm die Halsschlagader zerfetzen, die Gedärme aus dem Bauch, das Herz aus der Brust reißen und endlich den Schwertfisch im eignen Blut schwimmend verrecken sehen.

Thomas der Stier stürmte los. Kam dicht an José heran. Das Rad hoppelte über den Sand, fast war es mehr in der Luft als am Boden, aber er stieß den Karren mit aller Gewalt vorwärts.

»Eh! Eh! Olé«, rief José.

Das rechte Horn des Stiers zielte auf den Unterleib. José stand. Bog sich in der Hüfte zur Seite, den Hintern rausstreckend, eine lächerliche, beinah clowneske Pose; das Horn ratschte durch den Hosenstoff, streifte aber den Körper nur mit seiner äußeren Rundung. Mit einem Ausfallschritt wirbelte José herum und kam erneut in Position. Aber auch Thomas war mit dem Karren herumgewirbelt und startete einen neuen Angriff, zielte direkt auf den Matador; zu spät tauchte das rote Tuch an der Seite des Mannes auf, um den Stier noch abzulenken, der ihn jetzt frontal angriff, mit aller Wucht seiner Wut.

Dieses Mal krieg ich dich.

Da geschah es. Das Rad blockierte. Steckte fest im feuchten Grund. Die Stierschnauze bohrte sich in den Sand, am anderen Ende die Griffe schnellten hoch, Thomas, die Hände in festem Krampf um die Griffe, schleuderte mit, machte einen Salto. Die Arena kippte um hundertachtzig Grad, und er fiel in den dunklen Nachthimmel hinein, verschwand im sternlosen Abgrund des Himmels wie ein Taucher im Meer. Dann war es, als schwebte er für einen Moment auf einem Wolkenkissen und dann krachte die Arena auf ihn herab wie eine einstürzende Decke und begrub sein Gesicht im Sand.

Mit einem Reflexstoß eines Beins warf sich Thomas herum und kam auf dem Rücken zu liegen. Neben ihm der umgekippte Stierkarren, die Schnauze im Sand vergraben, die Hörner schräg aufragend.

Viel hatte nicht gefehlt.

Über ihm huschten hoch oben über dem offenen Dach die Wolken, deren dunkles Grau sich jetzt schon deutlich gegen das hellere Grau des Himmels abhob. Immer noch war ihm, als klebte er mit dem Rücken an einer Decke aus Sand und sähe von oben in das bodenlose Himmelsloch. Da plötzlich erschien dort, zürnend umwölkt wie Gottvater persönlich, das bärtige Gesicht Josés, und direkt nebenan zuckte, ein feiner silberner Strich, pfeilgrader Blitz aus bleiernen Wolken, die Klinge. Ihre Spitze zielte genau zwischen seine Augen.

Das war's, dachte Thomas.

Man hörte die ersten Vögel zwitschern. In den Mauernischen unterm Deckenfragment der Halle trieben sich gurrend Tauben herum. Dann fuhr die Degenspitze herab und versank in dem schmalen Schlitz im Nacken der Stierkopfattrappe. Und Gott lächelte mit breiten weißen Zähnen.

José reichte Thomas seinen Arm und zog ihn hoch.

»Denkst du ich hab Lust, deine mickrigen Eier zu fressen, Amigo?«

Lachend klopften sie sich gegenseitig die sandigen Schwären vom Leib. Mit Lachtränen in den Augen umarmten sie einander. Sie lachten sehr lang und sehr laut.

Als sie mit Lachen fertig waren, schaute José sich um.

»Hombre, sieh dir an, was wir angerichtet haben. Was für ein Dreckhaufen!«

Zerfurcht von den Spuren ihrer Schritte und des Karrens, sah die Arena aus wie eine aufgewühlte See. Und in knapp fünf Stunden kam schon der Inspekteur von der Asociacion Municipal Taurina de Cádiz, um den Platz für den bevorstehenden Übungskampf zu begutachten!

»Sauber machen!« entschied José.

Thomas richtete den Stierkarren auf; José sammelte Muleta, Degen, Stock und Capa zusammen, platzierte die Sachen auf dem Karren und fuhr damit zurück in den Verschlag. Dann kehrte er zurück, in den Händen zwei Rechen. Einen davon drückte er Thomas in die Hand.

Anfangend mit dem äußeren Kreis, näherten sie sich allmählich in einer Spirale dem Mittelpunkt der Arena.

Manchmal mussten sie noch lachen in Erinnerung an den tollen Kampf. Ab und zu ließ einer eine knappe Bemerkung fallen. Sonst hörte man nur das Schleifen der Rechen im Sand.

Noch als die ersten Sonnenstrahlen durch die offene Decke fielen, sah man sie nebeneinander ihre Kreise ziehen, gemächlich und stetig, wie zwei friedlich pflügende Ochsen.

# Glossar

27 **Carrito** – Diminutiv von *carro* – kleiner Karren, Wägelchen
  **Suerte de matar** – Manöver, bei dem der Matador den Stier
  (im Idealfall) mit einem einzigen Stoß des Degens tötet
  (span. *matar* – töten).
  **Estocada** – Degenstoß
28 **¡No te abandones!** – »Gib (dich) nicht auf!«
35 **Capea** – traditionelle, von Amateuren bestrittene ländliche
  Stierfeste, bei denen weitgehend regellose Kämpfe von oft
  zügelloser Rohheit stattfinden
  **Maletilla** – stierkampfbesessener junger Bursche, der von
  Ort zu Ort zieht, um in Capeas am lebenden Objekt zu üben
36 **Eral** – zweijähriger Stier
37 **Tercio** – wörtlich »Drittel«, eine der drei Phasen im Ablauf
  einer Corrida
  **al encuentro** – *(matar al encuentro)* »begegnend« töten; eine
  Form der *suerte de matar*, bei der Stier und Matador sich
  aufeinander zu bewegen
  **a volapié** – *(matar a volapié)* »fliegenden Fußes« töten; der
  Matador rennt mit gezücktem Degen auf den stehenden Stier
  zu
  **Sobrero** – Ersatzstier
38 **recibiendo** – *(matar recibiendo)* »empfangend« töten
  **suprema suerte de matar** – »höchste Kunst des Tötens«
39 **Muleta** – rotes Tuch, das der Matador in der Schlussphase
  des Kampfes benutzt
40 **Lance** – wörtl. »Werfen, Wurf«, in der Corrida ein
  (beliebiges) Manöver mit der Capa
41 **Veronica, Manoletina, Galleo** – verschiedene Formen von
  *lances*
48 **Novia** – Freundin, Verlobte
  **Capricho** – Laune, Einfall
50 **Rugía la fiera...** – »Es brüllte die Bestie, die wahre, die
  einzige.«
52 **Novillada** – Vorbereitungskampf für die Prüfung
  (»Promotion«) zum Matador. Die ersten zehn der insgesamt
  fünfunddreißig Novilladas, die ein Torero absolvieren muss,

werden ohne Picadores mit Jungstieren durchgeführt, deren Hornspitzen abgesägt und gefeilt sein können

*Gaonera* – *lance,* bei der der Torero die Capa hinter seinen Rücken hält, um den Stier dann unter dem angehobenen Arm durchlaufen zu lassen

*Barrera* – der umlaufende Gang, der in der Arena die Zuschauertribüne vom Kampfplatz trennt; auch Name für die vorderste Zuschauerreihe

*Blando* – schwacher, weichlicher Stier ohne Kondition

53 *Traje* – hier kurz für *traje de luz,* »Lichteranzug«, die traditionelle Glitzermontur der Toreros

*Estoque* – anderes Wort für → *espada*

54 *Peon* – wörtl. »Fußgänger«, auch »Knecht«; im Stierkampf Bezeichnung für die Gehilfen des Matadors, sein »Fußvolk«; bei Aficionados auch als Schimpf- und Schmachwort für einen schwachen oder feigen Matador gebräuchlich

55 *Puntillero* – aus dem Gefolge des Matadors derjenige, der dem am Boden liegenden Stier den erlösenden Dolchstoß versetzt, wenn die *estocada* nicht unmittelbar tödlich war

56 *Los toros tienen...* – »Stiere haben Eier, aber auch Ziegen können dich aufspießen«

*Reina de las Olivas* – Olivenkönigin

63 *¡Hola!, Pronto* – spanische Boulevardmagazine

68 *solo tú y yo* – »nur du und ich«

*Comida* – Küche, Cuisine

*¿Cómo? No vaca?* – »Was? Kein Rindfleisch?«

69 *Vale* – Gut, in Ordnung, okay

*¡Pásalo bien!* – »Viel Spaß!«

80 *AplausoS, 6Toros6* – Stierkampfzeitschriften

84 *Aber er sah wohl auch...* – Das Zitat stammt aus Innerhofers Roman »Die großen Wörter«

87 *Con tu permisión* – Mit deiner Erlaubnis

*Mucho gusto* – Sehr erfreut

*Coleta* – kurzes Zöpfchen im Nacken des Stierkämpfers, seine traditionelle Haartracht

*¡Vamos a comer!* – »Gehen wir essen!«

88 *Puro* – Zigarre, Stumpen

89 *Morcilla* – traditionelle spanische Blutwurst

*Medialunas* – sichelartige archaische Stierkampfinstrumente, mit denen man früher den Stieren die Sehnen durchtrennte, um sie kampfunfähig zu machen

90 *Torazo* – Riesenstier

*Cocodrillo* – Krokodil

*¡Qué va!* – wörtl. »Was geht!«, svw. »Quatsch!«

*Galgo* – Windhund

91 *Sí, son yo* – »Ja, das bin ich.«

92 *Por amor de Díos* – »Um Hergottswillen«

95 *Coda de Toro* – Stierschwanz, traditionelles andalusisches Fleischgericht

*Por el amor de antaño* – wörtl. »wegen der Liebe zum Vergangenen«; etwa »um der alten Zeiten willen«

96 *Cojones* – Hoden

*A las mujeres...* – »Frauen nehmen sowas nicht gern in den Mund.«

*Esas son deliciosas* – »Die sind köstlich.«

98 *Esa me mata* wörtl. – »Die bringt mich um«; etwa »Die macht mich fertig!«

*Utreros* – dreijährige Stiere, für Übungskämpfe eingesetzt. (In einer regelrechten Corrida müssen die Stiere ein Alter von mindestens vier Jahren erreicht haben.)

99 *¡No tengas miedo!* – »Hab keine Angst!«

*Becerrada* – Kampf mit Stierkälbern (José spielt den Übungskampf hier Renate gegenüber noch um eine Stufe herunter *Becerros* sind maximal zwei Jahre alt!)

101 *Urta a la Roteña* – typisches andalusisches Fischgericht (*urta* = Zahnbrasse)

115 *Estampas que...* – »Bilder, die verschiedene Manöver und Haltungen in der Kunst des Stierkampfs darstellen, sowie eines, das die Art und Weise zeigt, wie Menschen fliegen können«

124 *corto y derecho* – »kurz und gerade«; in der Stierkampflehre auch gängige Anweisung, wie der Degenstoß zu führen ist.

125 *lo siento* – »es tut mir Leid«

132 *Coso* – Stierkampfarena

135 *Maestranza* – »Meisterwerkstatt«, Bezeichnung für große und bedeutende Plazas de Toros. In Spanien gibt es nur drei Stierkampfarenas, die diesen Titel tragen: in Madrid, Sevilla und Ronda

136 *Real* – hier kurz für die »Real Plaza de Toros de El Puerto«

137 *Recibo* – Anfangsphase des Kampfes, in der der Stier in der Arena empfangen (span. *recibir*) und mit verschiedenen Capa-Manövern eingeübt wird

138 *¿Listo?* – »Fertig?«, »Bereit?«

139 *Toril* – das Tor oder Gatter, durch das der Stier in die Arena eintritt

142 *Festejo* – »Fest«, im engeren Sinn das »Stierfest«, die Corrida

*¡Ahora al reves!* – »Jetzt andersrum!«

*Maricón* – Bezeichnung für einen schwachen, weichlichen Stier; auch abwertend für einen Homosexuellen

*Celoso* – ein »eifernder« Stier, der begierig auf Objekte losstürmt (*celoso* bedeutet auch »eifersüchtig« und »neidisch«)

144 *Manso* – hier kurz für *toro manso*: feiger, lascher Stier

148 *Asociación...* – Regionale Stierkampfbehörde

Tim Schneider
**Das mit den Tieren**
Ein autobiografischer Längsschnitt

Das Tier ist mit sich eins. Aber es versteht sich nicht selbst. Was kann da der Mensch, für den diese schwierige Kunst fast selbstverständlich ist, überhaupt von dem Tier verstehen? »Man weiß ja nicht, wie es ist, eine Schnecke zu sein, aber es ist doch ziemlich sicher etwas Anderes, als man selbst zu sein«: Für den Ich-Erzähler der 15 autobiografischen Miniaturen ist das Verhältnis von Mensch und Tier gekennzeichnet durch die unüberwindliche Differenz von Natur und Subjekt. Bald sind die Tiere eine Bedrohung (*Dackel*), bald wecken sie Abscheu (*Regenwürmer*); mal landen sie im Kochtopf und werden verspeist (*Schnecken, Hasen, Fische*), mal fressen sie sich gegenseitig (*Katz und Maus, Python*). Sie werden getötet aus einer Laune, oder um vermeintlich von ihnen ausgehende Gefahren abzuwehren (*Wintermücken, Kreuzotter*); man erniedrigt sie zu Spielzeug (*Katzen*) oder überhöht sie zu mythischen Identifikationsfiguren (*Stier, Wölfe*). Zuweilen scheinen in ihren Blicken Abgründe auf von Liebe und Angst (*Straßenköter, Fledermaus*), dann wieder werden sie zum Anlass stiller Kontemplation (*Kühe*). Kreuz und quer springend zwischen höheren und niederen Spezies, halb narrativ und halb essayistisch, vermessen Schneiders Texte die Grenzen der Einfühlung, die zugleich Grenzen der Verständigung sind mit allem, das fremdwohnt im »Haus des Seins«: der Sprache.

tredition
ISBN 978-3-347-21373-9

Tim Schneider
**Die Zelle**
Roman

Ein Mann hat seinen im Sterben liegenden Vater getötet. Das Gericht verurteilt ihn zu lebenslänglicher Einzelhaft - und zur schriftlichen Aufarbeitung seiner Tat: »Ich muss schreiben, das ist meine Strafe«. Je tiefer der Schreibzwangsarbeiter dabei in die Vergangenheit vordringt - in seine persönliche ebenso wie in die zeithistorische - desto klarer erscheint die vermeintlich absurde Mordtat als konsequenter Schlussstrich unter eine Lebensgeschichte, die er selbst »die Geschichte einer Lebensverhinderung« nennt. Nach und nach jedoch erkennt der Häftling in der auferlegten Strafe seine eigentliche Bestimmung. Er schreibt sich frei.

Angelegt als Autobiographie des fiktiven Orgelbauers Richard Adolf (1924-1994), handelt *Die Zelle* vom unversöhnlichen Hass eines Individuums auf Abstammung und Herkunft. Im verzweifelten Versuchs des Antihelden, sich aus seiner perversen Vater-Sohn-Symbiose zu lösen, beschwört der Roman die Vision radikaler Selbstwahl.

CreateSpace Independent Publishing Platform
ISBN 978-1-523-65946-0

Tim Schneider
**Klänge in Gegend**
Roman

Eine namentlich nicht genannte Nordseeinsel, drei Wochen während der Sommerferien, Zeit: Gegenwart. Zunächst keinem stringenten Erzählfaden folgend, scheint *Klänge in Gegend* weniger ein Roman als eine Sammlung raffiniert verflochtener Kurzgeschichten, in denen sich die Lebenslinien zufällig zu bemessener Zeit an umgrenztem Ort versammelter Personen bündeln, kreuzen, überlappen, vereinigen und wieder aufspalten. Lose zusammengehalten werden die einzelnen Episoden durch die Figur eines geheimnisvollen »Klängesammlers«, der auf der Suche nach Material für eine Soundcollage mit Tonband und Mikrofon die Gegend durchstreift. Dazwischen entfalten die Texte ein Panoptikum von Figuren unterschiedlichen Alters, Geschlechts, sozialen und familiären Hintergrunds. Ein Strandläufer mit Beinprothese trainiert für die Paralympics; eine rüstige Rentnerin betäubt ihren Witwenschmerz mit touristischem Hyperaktionismus; ein frischverliebtes Pärchen klappert die Insel nach geheimen Orten für »Konzeptsex« ab, und ein pferdenärrisches Teenagermädchen muss dringend seinen allzu fürsorglichen Familienanhang abschütteln. Nach und nach jedoch verzahnen sich die Geschichten zum Räderwerk eines Geschehens, das am Ende zur unausweichlichen Katastrophe treibt.

CreateSpace Independent Publishing Platform
ISBN 978-1-523-31777-6

Tim Schneider
**Alte Spiele**
13 Geschichten

Die Geschichten des Sammelbands *Alte Spiele* sind größtenteils zwischen 2005 und 2015 entstanden. Dreizehn Texte, die hinsichtlich Stoff, Stil und Machart stark voneinander abweichen und von denen jeder einen eigenständigen Annäherungsversuch an die kurze Prosaform unternimmt.

Enthält die Geschichten:

*Der Ringende*

*Eigenmächtig*

*Camilla*

*Die Cousine*

*Zurück aus Kapowarien*

*Im Westen will sie untergehn*

*Counterstrike*

*Der letzte Kunde*

*wer hat den frosch gesprengt?*

*Nevermind*

*Späte Bescherung*

*Boulevard SansSouciSolitude*

*Hiroshi*

CreateSpace Independent Publishing Platform
ISBN 978-1-522-78924-6

Zeitfracht Medien GmbH
Ferdinand-Jühlke-Straße 7
99095 Erfurt, Deutschland
produktsicherheit@kolibri360.de

du zu sagen?" „Das Geld auf dem Tisch gehört mir. Ich habe es gewonnen." „Ich werde dir sagen, was du gewonnen hast. Den Gang durch die Tür nach draußen, daß ist dein Gewinn. Das Geld bleibt hier. Wird als Anzahlung für die Renovierung gerechnet. Und nun raus mit dir."

Der Falschspieler schluckt noch einmal. Dann trollt er sich aus dem Saloon. An der Tür schaut er noch einmal zu dem Tisch, wo die Chefin gerade das Geld abräumt. Für einen Augenblick denkt er 'zieh den Colt und erschieß das Weib', doch er geht nur raus. Sucht sein Pferd und verläßt die Stadt. Im Saloon wird alles wieder hergerichtet und der Betrieb geht normal weiter.

„Das hätte bald schlecht ausgesehen. Der Kerl wollte dich erschießen." sagt der Barkeeper zu der Saloonbesitzerin. „Dafür habe ich ja dich. Das du auf mich aufpaßt." „Hier unten geht das ja mit dem Aufpassen. Aber oben? Da kann ich von hier unten nicht hinschauen." „Hauptsache, du paßt hier auf mich auf. Oben ist es nicht so schlimm. Jim." Die Chefin stellt ein Glas Bier vor ihren Barkeeper „Trink erstmal, dann wird dir wieder anders." „Meinst du?" Der Barkeeper nimmt erstmal einen großen Schluck.

*

Lako hat erstmal auf der kleinen Farm etwas für Ordnung gesorgt. Das ältere Pärchen und die junge Farmerin haben ihm geholfen. „Wollen sie nicht für immer hier bleiben?" fragt die Farmerin ihn. „Ich könnte jemanden gebrauchen, der mir hier hilft. Kann zwar noch nicht so viel Lohn zahlen, aber Unterkunft und Essen wären frei." Lako hört ihr Angebot. Klingt ja gut, und Hilfe kann die Frau in der Tat gebrauchen. Aber Farmarbeit ist nichts für ihn.

Das Pärchen hört auch die Worte und schaut den Mann fragend an. „Erstmal bleib ich hier, Lady. Aber nicht für immer. Es gibt immer Leute, die in Schwierigkeiten kommen. Hier war es ja auch Zufall. Hätte Sindi nicht plötzlich so nervös reagiert, wäre ich wohl nicht hier. Ihm haben sie es zu verdanken." „Er bekommt auch seine Belohnung, Hat er sich ja verdient." „Wer ist Sindi?" fragt die ältere

Frau. „Der Fuchs da im Paddock. Ich glaub, wenn Lako überraschend angegriffen wird, muß man sich nicht wundern wenn einem Hufe um die Ohren trommeln." Lako muß über die Worte grinsen. 'Sindi, die Frau hat dich durchschaut.'

„Ella, ich denke wir fahren wieder nach Hause. Haben ja einiges wieder gerichtet. Und Lady, wenn sie Hilfe bei der Feldarbeit brauchen, geben sie ruhig Bescheid." Die junge Farmerin schaut dem alten Mann an „Danke, ich werde es mir merken. Ich kann ihnen aber nichts als Lohn für ihre Hilfe geben." sagt sie traurig. „Laß gut sein, Kindchen" sagt die ältere Frau. „Wir sind Nachbarn und helfen gerne. Lohn wollen wir nicht, nur das wir zusammenhalten. Mein Mann und ich wissen ja, was ihnen passiert ist." Das Pärchen setzt sich auf ihre Kutsche und fährt vom Hof. Die junge Frau winkt ihnen noch nach.

„Das sind gute Nachbarn." „Ja, nur reicht das im Ernstfall nicht. Da brauchen sie schon eine eigene Mannschaft." „Wo und wie soll ich die finden?" „Ja, das ist nicht so einfach. Die richtigen Leute zu finden." Die beiden gehen ins Haus. „Ich bin dankbar, daß sie noch etwas bleiben, Lako."

Der Mann will sich gerade hinsetzen, als er nach seinem Colt greift und schnell zum Fenster eilt. „Was ist los?" „Weiß nicht. Sindi hat gewiehert. Eine Art von ihm mich zu warnen." „Ist etwas zu sehen?" „Noch nicht." Beide stehen am Fenster. Aber so, das man sie nicht von außen sehen kann.

Es ist bereits schummrig. Langsam kommen zwei Reiter auf die Farm. Vor dem Haus halten sie ihre Tiere an. Steigen jedoch nicht ab. „Es ist niemand zu sehen." sagt einer von denen. Der andere ruft laut „Hallo, ist hier jemand? Wir sind Reiter auf der Suche nach Arbeit. Keinen Ärger. Hallo?" Lako nickt der Frau zu, sie könne zur Tür gehen und diese ein wenig öffnen um mit den beiden zu reden.

Die Frau geht zur Tür, öffnet sie einen Spalt und antwortet „Ja, hier ist jemand. Wer seid ihr und woher kommt ihr?" Die beiden haben bemerkt, daß eine Frau zu ihnen spricht. „Ma'am, ich bin Joe und neben mir ist Bill. Wir kommen aus Wyoming und suchen eine ehrliche Arbeit. Keine krummen Dinger. Wir kennen Feldarbeit, Rinderarbeit, Arbeit mit Pferden. Aber warum reden sie nicht offen mit uns?" „Weil sie bereits schlechte Erfahrung heute gehabt hat." klingt es von einer anderen Seite.

Joe und Bill schauen zu der Seite, wo die Stimme her kam. „Was ist das denn? Eine Frau von der Tür und eine zweite Person von der Seite. Ist das eine Falle?" „Keine Falle, nur Vorsichtsmaßnahme." kommt es wieder aus dem Dunkel. „Lady, sie können raus kommen. Die beiden sehen nicht wie Banausen aus." Die Tür der Hauses öffnet sich ganz und die junge Frau tritt heraus. Bill pfeift leise vor Verwunderung. „Lady, sie sehen gut aus." sagt er. Sofort weicht die Frau zurück.

„Nein, nein, Ma'am, wir wollen keinen Ärger. Sind wirklich auf der Suche nach ordentlicher Arbeit." „Ärger gab es hier bereits genug." „Mister, was ist denn passiert? Wenn ich fragen darf? Und wer sind sie?" „Ich? Lako. Der Frau wurde in letzter Zeit übel mitgespielt. Ihr

Freund wurde getötet. Jetzt ist sie allein auf dieser Farm." „Ja, aber sie sind doch auch hier." „Nur vorübergehend. Bis hier meine Arbeit beendet ist."

Bill schaut sich um. Ebenso Joe. „Wo ist denn der Boß?" „Die Lady ist der Boß." „Und sonst? Wer ist sonst noch hier auf der Farm?" „Nur unsere Pferde und wir." „Steigt mal ab und bringt eure Pferde dort rüber." sagt die Frau. Bei ihren Worten zeigt sie zum Stall auf der anderen Seite. Die beiden Reiter steigen von ihren Pferden und bringen diese zum Stall. „Was meinst du, Bill, ist das hier was für uns?" „Warum nicht, Joe. Hier können wir zeigen, daß wir beide ehrlich sind. Der Frau wurde übel mitgespielt. Und der Mann, der sich Lako nennt, will nicht hier bleiben. Die Frau braucht uns." „Also gut, bleiben wir hier. Hey, das ist aber ein schicker Fuchs." Bill betrachtet Sindi. Und das Pferd beobachtet ihn. Steht ganz ruhig. Der Mann spürt, daß das Pferd etwas besonderes ist. „Man ist das ein Tier." „Laß die Finger von dem Fuchs. Gehört bestimmt Lako." „Ich habe gar nicht die Absicht das Tier in Besitz zu nehmen. Es ist ein sehr gutes Tier.

Mehr nicht."

Nachdem die beiden ihre Pferde versorgt haben, gehen sie zum Haus rüber. Klopfen an und betreten das Haus. „Im Stall steht ein sehr schöner Fuchs." „Das ist meiner." „Hab ich mir gedacht. Er stand ganz ruhig in seiner Box und hat uns beobachtet." Lako grinst bei diesen Worten 'Wenn ihr wüßtet, was der alles macht.'

Die Männer haben sich an den Tisch gesetzt. Lako und die Frau sitzen ihnen gegenüber. „Ihr sucht also Arbeit." beginnt die Frau das Gespräch. „Ja. Ordentliche Arbeit. Keine Überfälle oder die Art. Ganz normale Arbeit auf einer Ranch." „Ich kann aber noch keinen anständigen Lohn zahlen." „Wir haben ja schon gehört, daß sie Ärger hatten." „Ja. Ihr Freund wurde getötet und dann wollten die Kerle die Frau kaputt machen." Die beiden Freunde schauen sich wortlos an. „Wir sind zwar keine Revolverschwinger, aber eine Frau kaputt machen – das ist auch nicht unsere Masche. Und mein Pfiff vorhin, Ma'am, war vor Verwunderung. Hab nicht gedacht eine so gut aussehende Frau hier zu finden." Die Farmerin schaut etwas verlegen nach unten. „Und wegen dem Lohn – da können wir ja noch überlegen. Wir wollten ja auch nicht heute arbeiten und morgen wieder weg. Es sollte schon für länger sein." Die junge Frau schaut zu Lako „Was meinen sie? Lako." „Das ist einzig und allein ihre Aufgabe. Ich bin hier nicht der Boß. Aber, wenn sie meine Meinung über die beiden Jungs hören wollen? Sie scheinen einen Versuch wert zu sein." Zu den beiden jungen Reitern sagt er noch „Aber merkt euch eins: erfahre ich, daß ihr die Frau enttäuscht, dann habt ihr es mit mir zu tun. Klar?" Die Jungs schauen zu Lako „Keine Angst, wir enttäuschen die Frau nicht. Sind froh, wenn wir Arbeit gefunden haben." „Die habt ihr. Nur …" „Danke, Ma'am, und es gibt kein nur. Wenn das wegen dem Lohn sein soll." „Komm Bill, wir gehen rüber zur Unterkunft. Dort muß erstmal Ordnung geschaffen werden." Joe und Billi verlassen das Haus und gehen rüber in ihre neue Unter-kunft. Die junge Farmerin schaut Lakota an „Danke, für ihre Einschätzung der beiden." „Dafür nicht. Das gab's gratis. Sie können ja nicht gleich alle verdammen. Und die beiden scheinen aus dem richtigen Holz zu sein. Soll mich nicht wundern, wenn morgen früh draußen Hammerschläge hörbar sind."

Die beiden in der Unterkunft freuen sich richtig „Billi, wir haben endlcih einen Job gefunden. Das ist wirklich toll." „Ja, und wir scheinen die ersten zu sein auf dieser Farm. Lako wird wohl irgendwann weiterziehen." „Macht nichts. Die Chefin scheint echt in Schwierigkeiten zu sein. Also, ich laß sie nicht im Stich. Bin zwar kein Revolverschwinger, aber wenn es sein muß greif ich auch zum Colt." „Ja, auf mich kann sie auch zählen. Aber für uns ist sie unantastbar. Wenn wir uns daran halten, sind wir auf alle Fälle ihre Jungs." „Stimmt." Die beiden haben die Unterkunft ordentlich hergerichtet und begeben sich nun zur Ruhe.

Im Haupthaus sind die beiden auch zur Ruhe gekommen. Wobei Lako immer seinen Colt in der Nähe hat. Sein Gewehr befindet sich in der Nähe eines Fensters. Die junge Farmerin liegt in ihrem Bett, während Lako es sich in der

Lounge gemütlich gemacht hat.

Am nächsten Morgen, es ist gerade am hell
werden, erklingen gleichmäßige Hammerschläge. Die junge Frau schrickt im Bett hoch
'Was ist das denn?' Sie zieht sich ihren Mor-
genmantel über und geht zur Tür um nach-
zuschauen. Lako kommt aus der Lounge
„Guten Morgen, Lady. Ich habe es doch gestern abend schon gesagt. Die beiden fangen
früh an zu arbeiten." „Guten Morgen, Lako.
Ach, die Jungs arbeiten schon? Wir haben
noch nicht mal gefrühstückt." „Das hindert die
beiden aber nicht. Ziehen Sie sich erstmal an."
Die Frau schaut an sich herunter und geht ins
Schlafzimmer.

Lako beginnt das Frühstück vorzubereiten.
Zwischendurch geht er schnell in den Stall.
„Guten Morgen, Lako. Wenn Sie in den Stall
wollen – die Pferde sind versorgt. Auch ihr
Fuchs." Erstaunt bleibt Lako stehen „Guten
Morgen. Wann seid ihr denn aufgestanden?"
„Nach dem wach werden. Und dann haben wir
uns gedacht, bis zum Frühstück können wir ja
schon etwas fertig haben." Diesmal ist Lako

derjenige, der pfeift. Vor Verwunderung und Anerkennung. Dann geht er wieder zum Haus, wo die Frau das Frühstück aufgetischt hat. „Die beiden sind echt fix. Pferde versorgt, angefangen den Zaun zu reparieren. Die beiden sind echt gut." „Dann haben die ja Frühstück verdient." Die Frau geht zur Tür und ruft „Joe und Billi, Frühstück." „Ja, Ma'am, wir kommen." Die beiden begeben sich zum Haupthaus.

Während des Frühstücks sagt Lako „Ich reite nachher mal zur Stadt. Mal sehen, ob ich dort etwas für die Farm hier finde." „Was denn? Noch ein paar Leute?" „Auch vielleicht. Ich dachte eher an ein paar Tiere. Oder soll das hier nur Getreide einbringen?" „Ein paar Rinder wären nicht schlecht. Aber ich kann noch keine kaufen." „Ich reite ja auch zur Stadt und nicht sie." „Ja, aber …" Geräusche nähern sich der Farm. Sofort ist Lako am Fenster. Seine Hand am Colt. Doch wie er draußen das Gespann von gestern erblickt, läßt seine Hand den Colt wieder los. „Es sind die beiden älteren Nachbarn von gestern." Und dann sieht er hinter der Kutsche ein paar Rinder. „Da haben doch auch schon andere die Idee, die ich hatte."

Die junge Farmerin und Lako treten aus dem Haus. „Guten Morgen, was ist das denn da hinter der Kutsche?" „Guten Morgen. Ja, mein Mann und ich haben uns gedacht, unsere Nachbarin hat noch keine Rinder. Da kann sie ein paar von uns bekommen. Es sind drei Kühe und ein Bulle." „Ich weiß gar nicht ..." beginnt die Farmerin an zu schluchzen. „Nun wein man nicht gleich. Nachbarn müssen schon zusammenhalten." Joe und Billi kommen aus dem Haus. „Ja, dann mal her mit den Tieren. Die bringen wir erst mal in den Korral." „Oh, was das denn? Schon ein paar Arbeiter?" „Ja, die kamen auch gestern. Und suchten Arbeit. Heute morgen haben die schon Zäune repariert. Vor dem Frühstück." Das ältere Pärchen ist ganz beeindruckt.Lako geht inzwischen in den Stall, wo er von seinem Fuchs freudig begrüßt wird. „Na, Sindi, hast ja schon gefrühstückt. Dann können wir ja gleich los. Wollen mal sehen, was in der Stadt los ist." Er nimmt Sattel und Zaumzeug und beginnt seinen Fuchs zu satteln. Dann verlassen sie den Stall und verlassen die Farm in Richtung Stadt. Der Fuchs schnaubt vor Zufriedenheit. Kann er endlich wieder mit seinem Herrn auf Reise gehen. „Sindi, bist jetzt zufrieden. Aber wir werden wieder zu der Farm zurückkehren. Noch ist unsere Mission dort nicht beendet." Die beiden traben an.

Der Weg ist ihnen ja bekannt. Der Trab ist schnell genug. Nach einigen Meilen sieht Lako auf dem Boden verdächtige Spuren. Mehrere Reiter sind auf dem Weg aus der Stadt gewesen. Sie hätten ihm begegnen müssen. Aber ihm kam niemand entgegen. Es sind Spuren von gut sechs Pferden. Ein Pferd trägt keine Eisen. Moment mal, denkt Lako, hatte Karl sein Pferd Eisen? Ihm war so, als hätte es keine. Verdammt, ist der Kerl etwa auf dem Weg mit anderen Reitern zur Farm? Der Fuchs wendet auf der Hinterhand und galoppiert gleich los. Lako kann sich gerade noch im Sattel halten. „Hey, Gedankenleser, nicht ganz so schnell, sonst verlierst du mich noch." Der Fuchs schüttelt nur seinen Kopf, als wenn er sagen will 'dich verlier ich nicht.' Sie galoppieren so schnell sie können.

Lako beobachtet den Boden und somit die Spuren, denen sie folgen. Dann pariert er seinen Fuchs durch. „Warte mal. Hier haben die sich getrennt. Was haben die vor?" Er sucht nach der Hufabdrücken ohne Eisen. Da sieht er sie. Die Abdrücke gehen linker Hand weiter. Dort reiten vier Personen. Auf der rechten Seite sind sechs Personen. 'Was haben die vor?' Er lenkt den Fuchs nach links. 'Die Spur mit dem ohne Eisen ist verdächtig.' Sindi will traben. „Ne, bleib ruhig. Scheint die richtige Spur zu sein." Die beiden folgen eine Weile der Spur. Dann knackt es hart auf der rechten Wegseite. „Na, sind wir heute ein bißchen neugierig?" klingt es an Lakos Ohr. Er vermeidet den Griff nach seinem Colt. Wäre ohnehin zwecklos, da ein Gewehrlauf in seine Richtung zeigt, bei dem der Hahn bereits gespannt ist. Lako hält seine Hände vor sich.

„Ich bin zufällig hier. Was hat das mit Neugier zu tun?" „Zufällig. Und dann folgst du der Spur bereits eine Weile. Oder ist der Kopf etwas lädiert?" Jetzt weiß er, daß er bereits beobachtet wurde. „Mir fiel auf, daß ein Pferd keine Eisen trägt. Und da habe ich drauf geachtet." „Das stimmt. Mein Tier hat keine Eisen. Aber das wußtest du bereits vorher." Lako braucht den letzten Sprecher nicht ansehen. Es ist Karl. Der Typ, der Frauen gnadenlos mit der Peitsche behandelt. „Ja, das wußte ich bereits. Nur eins weiß ich noch nicht – was ihr vorhabt." „Brauchst nicht lange drüber nachdenken. Kommst ohnehin mit. Als Gefangener." Einige Männer kommen aus den Gebüschen. Lako legt dem Fuchs schnell eine Hand an den Hals.. Das Tier hat verstanden und bleibt ruhig. Dem Reiter werden das Gewehr und der Colt abgenommen „Absteigen." kommt es kurz. Lako steigt aus dem Sattel. Schnell greifen Hände nach seinen Armen. Dann werden sie ihm auf dem Rücken gebunden. Die Gruppe seitwärts in die Büsche. Nach einigen Metern sind sie bei ihren Pferden. Lako muß zu Fuß gehen, während die Männer wieder auf ihren Pferden aufgesessen sind. Sein Pferd wird von einem der Männer geführt.

Der Trupp wandert weiter in Richtung der Farm, wo Karl ja noch etwas zu erledigen hat. Langsam kommt das Gelände der Farm in

Sichtweite. Lako überlegt, wie er jetzt der Frau helfen kann. Zur Zeit ist das nicht der Fall, da seine Hände auf dem Rücken zusammengebunden sind. Während des Gehens versucht er die Handfessel zu lösen. Er weiß, das es möglich ist. Aber nicht so schnell wie er möchte. Dann hat Karl noch seine Waffen. „Wir müssen hier warten bis es Dunkel wird." Die Reiter steigen von ihren Tieren, satteln ab und bereiten ein kleines Lager. Lako wird an einen Baum gesetzt. Aber so, daß sie ihn beobachten können.

*

Auf der Farm wurde der kleine Trupp bereits bemerkt. Joe schaut zu ihm herüber. >Wer kommt denn da an? Was wollen die?< Dann erkennt er den Fuchs. >Wo ist Lako? Sein Tier ist bei den Reitern.< Dann erblickt er den Fußgänger. >Verdammt, den haben die geschnappt. Er muß zu Fuß gehen, während sie reiten.< Joe dreht sich um und schaut zu Billi. Der ist etwas weiter weg. So müßte er ihn rufen und das würden eventuell die hören. Er schaut sich auf dem Boden um, sieht einen etwas größeren Stein, nimmt ihn und wirft ihn in Billis Richtung. Der schaut sich nach dem Stein um, dann zu Joe. Dieser weist mit dem Kopf in Richtung der kommenden Männer. Billi schaut rüber. Auch er entdeckt sofort Lakos Fuchs. >Verdammt, da stimmt was nicht. Wo ist Lako?< Dann sieht er ihn.

Billi zögert nicht lange und geht kurz in den Stall. Dann hat er seine Waffen bei sich. Er geht zu seinem Freund „Scheint so, als gibt es gleich Ärger." Joe nickt nur und geht jetzt selbst in den Stall. Als er wieder heraus- kommt, entdeckt er den zweiten Trupp. Dieser befindet sich hinter dem Haupthaus. >Ver- dammt, die kommen von zwei Seiten. Der Boss ist im Haus.< Er schaut zu Billi. Pfeift einmal kurz und nickt Richtung Haupthaus. Billi sieht den zweiten Trupp hinter dem Haupthaus. Er schaut zu Joe und nickt. Während Billi sich einen guten Platz für einen Kampf sucht, ist Joe schnell zum Haupthaus gelaufen. Öffnet die Tür, geht hinein und verschließt den Haupteingang. Die junge Farmerin hat mitbekommen, daß jemand ins Haus gekommen ist. Sie kommt aus dem Büro

und sieht  Joe bewaffnet. „Joe, Sie tragen ja
Waffen. Was ist los? Wo ist Billi?" „Wir
werden angegriffen. Von zwei Seiten. Billi ist
auf der anderen Seite. Er hat auch Waffen."
„Hoffentlich kommt Lako rechtzeitig zurück."
„Er ist bei dem einen Trupp. Als Gefangener.
Wir haben ihn gesehen. Aber jetzt müssen wir
uns um Sie kümmern."

Die junge Farmerin läuft zu ihrem Waffenschrank, holt zwei Gewehre und Munition
heraus.Dann lädt sie beide Gewehre und geht
ebenfalls zu einem Fenster. Kehrt noch einmal
zum Waffenschrank zurück, holt noch eine
Schachtel Munition und bringt sie zu Joe.
„Damit Sie genug haben." Dann streicht sie
ihm über den Arm. „Schon gut, Boss, wir
schaffen das schon. Denke Lako wird einen
Weg finden aus seiner Lage."

*

Lako ahnt schlimmes. Seine Waffen sind bei
Karl. Aber er muß ja erstmal die Stricke von
den Händen bekommen. Die sind aber auch
fest. „Na, Lako, jetzt kannst du mal zusehen,

wie wir die Farm fertig machen. Sind ja nur drei Personen. Und mit der Lady habe ich ja noch etwas vor." >Ich weiß, was du mit ihr vorhast.< denkt Lakota. Und dieser Gedanke läßt ihn schneller überlegen, wie er wieder frei kommt. Da erblickt er einen mittelgroßen Stein mit scharfen Kanten. Er wälzt sich zu dem Stein, ergreift ihn und wälzt sich zurück. Dann bleibt er ruhig sitzen. Seine Hände beginnen mit dem Stein zu arbeiten. Der Stein ist nicht besonders scharf. Immer wieder reibt er die Stricke an der Kante des Steins. Dabei beobachtet er die Männer, die um Karl rum sind. Sie haben alle einen schlechten Umgang. Einige tragen ihre Revolver in tiefhängenden Holstern. Andere sind mit zwei Colts ausgerüstet. Es bleibt die Frage, sind sie auch schnell mit ihren Waffen.

„Was machen wir? Ein Trupp befindet sich hinter dem Farmhaus. Doch wie viele Leute hat die Frau zur Hilfe? Einen haben wir ja bereits ausgeschaltet." Karl schaut zu Lako. „Na, schön bequem? Nicht wahr. Jedenfalls kommst du uns nicht in die Quere." Dann wendet er sich wieder den anderen zu. „Wenn es dunkel ist, greifen wir an. Im hellen haben wir keine gute Chance." „Wie informieren wir den anderen Trupp?" „Gar nicht. Die werden aktiv, wenn wir losschlagen."

>Im Dunkeln also schlagen die zu.< Lako schaut zum Himmel. Bis zur Dunkelheit dauert es noch gut vier Stunden. Er reibt unermüdlich die Stricke an der Steinkante. Da merkt er, daß der erste Strick lose wird. Die Hände kommen etwas mehr auseinander. Er muß aber noch drei Stricke auf-reiben. Seine Augen beob-achten die Männer, die die Farm überfallen wollen.

Plötzlich bemerkt er Bewegungen bei seinen Händen. Dann sind die Stricke ab. „Nicht er-schrecken Lako. Ich bin es, der Nachbar der junge Lady da unten. Habe heute Nachmittag gesehen, daß Sie gefangen sind. Habe nur die hereinbrechende Dunkelheit abgewartet." „Danke, Old Man, ohne Ihre Hilfe hätte ich noch lange ge-braucht." „Ich habe Waffen für Sie versteckt. In der Nähe des Fuchses." „Danke. Jetzt sehen Sie zu, daß Sie wieder weg kommen,  bevor einer rüber kommt." Der

alte Nachbar ist schon verschwunden. Genau
so leise, wie er gekommen war. >Das war gute
Hilfe. Denke mal Old Man wird unten auch
noch ein Wörtchen mitreden.< Lako schaut zu
den Männern vor ihm. Dann sucht er sein
Pferd und schaut wieder zu den Männern.
Sindi ist nur wenige Meter von ihm entfernt.

In der Gruppe vor Lako kommt Bewegung.Die
Männer suchen ihre Waffen zusammen, dann
ihr Sattelzeug und bereiten den Überfall vor.
Sie achten nicht auf ihren Gefangenen. Diese
Chance nutzt Lako sofort und schleicht zu
seinem Fuchs. Beim Baumstamm findet er die
Waffen von Old Man. Ein doppelläufiges
Gewehr, einen Sechsschüsser und noch ein
Gewehr. Das hat aber drei Läufe. Zwei gleich-
dicke und ein dünnes. Dazu findet er noch die
passende Munition. >Opa hat wirklich an alles
gedacht. Aber was ist das für ein Gewehr mit
drei Läufen?  Egal, wird schon klappen.< Lako
hat seinen Fuchs gesattelt und reitet jetzt seitlich des Weges, den die anderen Mäner geritten sind. Was ist das denn? Wagenspuren? Ist
Old Man schon hier längst gefahren? Er reitet
weiter. Verschärft das Tempo. Der Trupp be-

findet sich in Sichtweite vor ihm. Sindi versteht seinen Reiter und beginnt zu galoppieren. Lako überlegt, wie er zum Haupthaus rüber kommt. Denn dort vermutet er noch die junge Farmerin. Plötzlich pariert er seinen Fuchs durch. Da war doch eine Bewegung? Vorsichtigt steigt er ab, nimmt das dreiläufige Gewehr und schleicht zu dem Busch, wo er eine Bewegung vermutet hat. Mit dem Gewehrlauf zieht er die Zweige des Busches zur Seite. Dann blickt er auf den Lauf einer Shotgun. „Verdammt, da hätte ich bald einen falschen abgeknallt." hört Lako. Und dann erkennt er den alten Mann wieder. „Wie komme ich zum Haus rüber?" „Geh durch den Stall hier. Auf der anderen Seite sind  es ca. 100 Meter bis zum Haus. Die Lady ist drin. Habe ihre Silhuette kurz gesehen. Als noch Licht dort war. Schräg vorm Stall hockt einer ihrer Männer. Der andere scheint bei der Lady zu sein." >Opa ist nicht nur Gefangenenbefreier, sondern auch noch Späher. Aber gut zu wissen, wo wer ist.< Lako nimmt die Gewehre und schleicht durch die hintere Stalltür. Sindi folgt ihm in den Stall. „Ich kann dich jetzt nicht absatteln. Muß erst drüben sehen, was los ist." Er streicht dem Tier über den Hals. Dann schaut er durch die vordere Stalltür nach draußen. Ja, es sind ca. 100 Meter zum Haus. Da hört er Geräusche, die aus der Richtung seitlich vom Haus kommen. >Aha, von da kommt also auch was.< Der Mann überlegt. Direkt rüber laufen kann er nicht. Der Mond scheint hell. Man würde ihn sehen.

Von der Hofeinfahrt kommen die Reiter mit Karl. Sie haben es nicht eilig und reiten im Schritt. Karl gibt mit der rechten Hand Zeichen. Die Reiter verteilen sich. Im Haus haben die beiden Insassen den Trupp bereits gesehen. Aber die Gefahr hinter dem Haus kennen und ahnen sie nicht. Sie sehen, daß sich die Reiter verteilen. Die Farmerin huscht zu einem der hinteren Fenster, während Joe vorn am Fenster bleibt. >Was kriecht denn da aus dem Stall?< denkt er. Und schaut in die Richtung, wo Billi ist. Doch der schaut nur zu den Reitern vor ihm. Wie viele sind das? Warum verteilen die sich? Er sieht einen der Männer mit gezogener Waffe auf die Tür des Hauses zugehen. Billi weiß, daß er einen Vorteil gegenüber Joe hat. Er sieht mehr, da ihm keine Hauswand die

Sicht versperrt. Langsam legt er sein Gewehr an, um den Mann notfalls zu erschießen. Der Reiter schleicht geduckt weiter. Er sieht noch nicht, was er sehen will.

Karl hält sich noch im Hintergrund. Man kann seine Statur im Mondschein sehen. Stolz sitzt er auf seinem Pferd. Andere müssen für ihn die Arbeit machen. Er übernimmt erst dann die Arbeit, wenn das schwerste erledigt ist. Er ahnt nicht, daß sein Gefangener frei ist und sich mit auf der Farm befindet.

Der Reiter in geduckter Stellung meint eine Person im Haus gesehen zu haben und schießt. Doch sein Schuß fährt ins Leere. Dann fällt er mit ausgebreiteten Armen hin. Eine Kugel hat den Mann seitlich getroffen. Sie drang gleich bis ins Herz. Billi hatte sein Gewehr ja in Stellung und brauchte nur durchzuziehen. >Schiessen kann der Junge also auch. Das war ein guter Schuß.< bewundert Lako den Jungen seitlich vor dem Stall. Dann schaut er zum Haupthaus. Doch wo stecken die anderen Reiter von Karl seinem Trupp?

Ein blinken im Mondschein. War das eine
Waffe? Dann klirren Scheiben und sofort
fallen Schüsse. Ein Mann schreit auf. Er ist
also getroffen. Doch wer hat auf ihn geschossen? Dann fallen von allen Seiten
Schüsse. Karl steht immer noch auf seinem
Platz mitten im Mondschein. Aus dem Haus
wird aus zwei Fenstern geschossen. Lako
überlegt nicht mehr, sondern läuft geduckt zur
Haustür. Das Gewehr mit den drei Läufen in
der Hand. Das andere hat er über die Schulter
gelegt. Der Sechsschüsser von Old Man im
Hosenbund. Kugeln kommen ihm entgegen.
Der Mann wirft sich zu Boden und rollt sich
Richtung Haus.

Billi hatte die Bewegung linker Hand von ihm
bemerkt. Aber auch erkannt wer es war. Ein
Grinsen befindet sich auf seinem Gesicht.
>Lako, der Teufelskerl. Eben noch Gefange-
ner, jetzt mitten im Kampf.< Er nimmt ein
kleines Steinchen und wirft ihn in Lakos
Richtung. Dieser schaut zu Billi hinüber und
erkennt die anerkennende Geste. Lako gibt
dem Jungen zu verstehen, daß er ins Haus
muß. Daraufhin beginnt Billi mit einem Ab-

lenkungsmanöver. Er schießt in Richtung von Karl. Ohne ihn treffen zu wollen. Aber der Erfolg ist vorhanden. Karl springt aus dem Sattel und sucht mit seinem Tier Deckung.

Diese Zeit nutzt Lako und sprintet zur Haustür. Klopft drei mal an, öffnet die Tür und schließt sie hinter sich. Joe hatte das Klopfen gehört und verstanden. Er hatte Lako ja schon vor dem Stall gesehen. Freudig nickt er dem Mann zu. „Wo ist … " will Lako fragen. Joe zeigt mit dem Kopf zur Küche. Der Mann mit den Gewehren rennt in die Küche. Dort entdeckt er die junge Farmerin. An der rechten Schulter ist ein roter Fleck sichtbar.„Verdammt, Sie sind verletzt." „Und? Aber ich lebe noch im Gegensatz zu dem Schützen." Mit wenigen Schritten ist Lako bei ihr. Sieht einen von Karls Männern, legt den Dreiläufer an und schießt den rechten Lauf ab. Der Angreifer wird durch den gewaltigen Treffer herumgeschleudert und sein Schuß trifft einen Kameraden. „Kannst Du nicht aufpassen …" schreit er auf. Dann erkennt er, daß sein Kumpel tot ist. Wütend schießt er eine harte Salve in Richtung Fenster. Doch er trifft keinen. Stattdessen trifft ihn eine

Revolverkugel. >Wo kam die Kugel denn her? < wundert sich der Mann in der Küche. Dann erblickt er eine Gestalt am Ende einer Hecke. Es ist Old Man.

Der Reitertrupp der von der Seite hinter dem Farmhaus angreift, hat die Schüsse sehr wohl gehört. Sie haben nur ein Problem. Es ist eine Person, die den Trupp kommen sah und sich schnell überlegt hat, was das zu bedeuten hatte. Dann hatte er den zweiten Trupp kommen sehen. Und so etwas hat meistens nichts gutes zu bedeuten. Er wußte, daß auf der Farm nur drei Personen waren. Auch die schnell nahende Kutsche von Old Man hatte er kommen sehen. Irgendetwas ist hier nicht in Ordnung dachte er sich.

Jetzt sitzt der Mann auf einem Sarg direkt auf dem Weg, den die Reiter zur Farm nehmen müssen. „Hey, hast Du keinen anderen Platz gefunden als genau hier auf dem Weg?" Der Sprecher der Reiter mustert den Mann, der auf dem Sarg sitzt. Die Kleidung ist schwarz. Er trägt nur einen Revolver. Ein Pferd ist nirgends sichtbar. „Hey, ich habe Dich was gefragt."

hört der Mann. „Yeah, du hast gesprochen."
„Und?" „Was und?" „Die Antwort auf meine
Frage." „Mir gefällt es hier." „Du sitzt uns im
Wege." Der Mann auf dem Sarg zuckt nur die
Schultern. Der Truppführer greift zu seinem
Colt. „Das würde ich an deiner Stelle bleiben
lassen." Der Reiter schaut nur den Mann an.
„Und wenn nicht?" „Bist Du tot." Der Mann
auf dem Sarg sitzt seelenruhig da.

Zwei andere Reiter des Trupps greifen zu ihren
Waffen. Doch bevor sie ihre Colts heraus
haben, fallen sie in den Staub. Der sitzende
Mann hatte blitzschnell seinen Remington
gezogen, ge-schossen und wieder ins Holster
gesteckt. Der Reiterführer schaut verwundert.
So etwas hat er noch nie gesehen. „Wer, wer
bist du? Wie hast du das gemacht?" kommt es
von ihm. „Was gemacht?" „Meine Partner
erschossen." „So, hab ich das? Hätten ihre
Patschehändchen von den Colts lassen sollen.
Wie du siehst, ist das ungesund." „Ja. Und wer
bist du?" „Na, der Mann mit dem Sarg." „Hast
du keinen Namen?" „Doch." „Und? Wie ist
der?" „Kurz und gut." „Wir müssen weiter.
Mann. Wir werden erwartet." „Was geht mich

das an?" Wieder will der Sprecher zu seinem
Colt greifen. „MM." hört er nur. Der Mann auf
dem Sarg schüttelt nur den Kopf. „Wir haben
ja nichts dagegen, daß du Pause machen willst.
Aber laß uns jetzt weiter reiten." „Was hindert
euch daran?" „Du sitzt uns im Wege. Siehst du
das nicht?" „Nö." „Reiten wir ihn doch einfach
nieder." sagt einer der Männer. „Ja, wenn  wir
alle gleichzeitig auf ihn zukommen, kann er
doch nichts machen." „Ihr seid Hornochsen.
Habt ihr nicht gesehen, wie schnell er seine
Waffe in der Hand hat?" „Aber wenn wir alle
ihn überreiten." „Mach mal vor." „Mensch, ich
sagte alle zusammen. Nicht einzeln." „Aber
Karl braucht uns doch." „Das weiß ich auch."
Dann treiben alle Reiter gleichzeitig ihre
Pferde an. Sie wollen den Mann auf dem Sarg
runterreiten.

Die Pferde haben zwei Galoppsprünge gemacht, als zwei Reiter in den Staub fallen. Die
Reiter kommen schnell vorwärts. Doch der
Remington holt wieder zwei Reiter aus den
Sätteln. Die beiden Reiter, die übrig geblieben
sind, reißen ihre Tiere herum und sprengen
davon. Sie haben genug. Soll Karl doch sehen,

wie er zurecht kommt. Der Mann mit dem
Sarg steckt seine Waffe ins Holster. Steht auf,
schaut zum Farmhaus, ergreift den Strick am
Sarg und geht Richtung Haus. Den Sarg hinter
sich herziehend.

Lako schaut aus einem Fenster, das nach
hinten des Hauses weist. Er sieht den seltsa-
men Mann. >Wer ist das denn? Kommt zu Fuß
und zieht einen Sarg hinter sich her. Und dann
hat er die Frechheit zum Haus zu kommen.<
überlegt Lako. Der Mann mit dem Sarg hat
seinen Kopf gesenkt, beobachtet aber genau
die Gegend. Unermüdlich schreitet er seinen
Weg. Der Sarg hinterläßt eine breite Schleifspur.

Old Man, der sich hinter einem großen Stein
versteckt hat, sieht den Mann. Auch er wundert sich über den Ankömmling. Er will gerade sein Gewehr auf den Mann anlegen, als er
hört „Laß es, ich bin keine Gefahr für die
Farm." Wie so hat er mich mitbekommen,
wundert sich der alte Mann hinter seinem
Stein. Und wer ist das?

Lako hat das Fenster gewechselt um den Fußgänger genau zu beobachten. Die Farmerin
schleicht zu ihm „Lako, wer ist das? Warum
zieht er die Kiste hinter sich her?" „Das kann
ich nicht sagen. Habe ihn auch noch nie gesehen." Sie sehen wie der Mann plötzlich
seinen Colt zieht und schießt. Drei mal brüllt
der Remington. Dann ist es still. Nur beim
Stall, hinter Billi, fällt einer vom Dach. Seine
Waffe fällt genau neben Billi in den Sand. Billi
schaut zum Stall hinüber und sieht eine leblose
Gestalt. Doch auch Old Man schaut mit einmal, was neben ihm liegt. >Wo kommt der
denn her?< wundert er sich. Dann tippt er sich
dankend an seinen Stetson. „Dafür nicht." sagt
der Mann mit dem Remington. Joe schaut zur
Haustür. Dort hatte es gepoltert. Vorsichtig
öffnet er. Dann fällt ihm der dritte Treffer entgegen. „Lako" ruft er und stößt den Toten nach
draußen. Nur die Waffen holt er rein.

„Wer ist der Mann da draußen? Dieser hier
wäre fast reingekommen." „Da haben wir
Glück gehabt. Doch wer der Mann da draußen
ist, weiß ich auch nicht. Hat uns aber schon
Arbeit abgenommen." Der Rest von Karls

Männern hat die Situation völlig überrascht. Aus der Richtung sollte doch der zweite Trupp kommen. Aber es kommen keine Reiter. Sie schauen in die Richtung, wo Karl zurück geblieben war. Auch er ist nicht mehr zu sehen. Was ist hier los? Hat Karl sie in eine Falle gelockt. Wo ist er?

Karl hat sich hinter einem großen Busch versteckt, als Kugeln in seine Richtung flogen. Er kann nicht viel sehen. Dann hört er Schüsse, die aus der Richtung kommen, von wo der zweite Trupp kommen soll. Ah, sind die jetzt da. Wird auch Zeit. Er wartet, daß einer der Männer zum Stall rüber huscht. Doch nichts passiert. Es kommt keiner von seinen Mannen. Immer wieder wandert sein Blick zum Stall und dann in die Richtung, aus der die kommen sollen. Es sind doch Schüsse zu hören. Warum erscheint keiner? Sind die im Haus so gut, daß sie seine Männer erledigen können? Dann erinnert er sich an seien Gefangenen. Den hol ich jetzt und dann wollen wir mal sehen, was die Lady macht. Karl nimmt sein Pferd, steigt auf und reitet zu dem Platz, wo sie auf die Dunkelheit gewartet haben. Dort angekom-

men, sieht er den Baumstamm, an dem Lako
gefesselt war, leer.

Verdammt, wo ist der Mann? Wie ist er frei
gekommen? Karl geht zu dem Baum und
untersucht die Stelle genau. Das einzige was er
findet sind die Stricke und ein Stein. Karl
untersucht die Stricke. Durchgeschnitten.
Irgend jemand hat dem Gefangenen befreit.
Nur wer? Karl untersucht die Raststelle weiter.
Da sieht er Radspuren. Aha, es war also einer
mit einer Kutsche hier. Komisch, es hat keiner
eine Kutsche gehört. Oder waren sie schon
weg? Er hat auch keine Kutsche bei der Farm
gesehen. Und wie er jetzt wieder her geritten
ist, auch nicht. Wer hat Lako befreit und wo ist
die Kutsche?

Karl schwingt sich auf sein Pferd und reitet zur
Farm zurück. Was ist denn jetzt los? Es ist alles ruhig. Keine Schüsse. Er sucht die Gegend,
so gut er bei der Dunkelheit und dem Mond-
licht sehen kann, nach seinen Männern ab.
Etwa drei Meter vom Stall sieht er eine Gestalt
liegen. Sein Blick wandert weiter. Vor der
Haustür liegt jemand. Wo ist der zweite Rei-

tertrupp? Warum sind die nicht erschienen?
Karl sucht einen Weg um zu dem Weg zu gelangen, den die anderen nehmen sollten. Er
muß einen weiten Bogen reiten. Dann findet er
den Weg, der hinter das Farmhaus führt. Langsam reitet er in Richtung Farmhaus. Dann
stoppt er sein Pferd abrupt. Was ist denn hier
passiert? Sechs seiner Männer liegen im Sand.
Ihre Colts noch in den Händen und mit weit
geöffneten Augen. Vier von ihnen liegen über-
einander. Was ist hier geschehen? Karl steigt
vom Pferd und geht zu den Leichen. Dann
weiter in Richtung Farm.

Dann sieht er eine breite Schleifspur, die von
rechts kommt. Er erkennt, das etwas quer auf
dem Weg lag. Nur was? Ein Baum war es
nicht. Und dann folgt er der breiten Schleifspur, die zur Farm führt. Wo sind seine Kumpels, die noch am Leben sind? Und was ist das
für eine Schleifspur? Karl kehrt zu seinem Tier
zurück. Steigt auf und überlegt. Soll er zur
Farm reiten? Sicher nicht allein. Wer weiß,
was ihn dort erwartet? Außer ein Kugelhagel
und der Tod.  Karl entscheidet sich für einen
Ritt zurück zur Stadt. Dort will er sich eine

neue Mannschaft suchen. Was hier nur passiert? Hat er bei seinem Plan etwas übersehen? Er wendet sein Pferd und reitet zur Stadt.

*

Im Haupthaus schauen die Insassen angestrengt nach draußen. Doch außer den Mann mit dem Sarg sehen sie nichts. Auch Old Man kann nichts anderes erkennen. Und Billi dreht sich um und sieht nun den Mann mit dem Sarg.

Ungläubig reibt er seine Augen. Das ist doch … Klar, er kennt nur einen, der einen Sarg hinter sich herzieht: Django. Billi sucht seine Waffen zusammen, denn der Kampf scheint vorbei zu sein. Dann geht er zum Haus und begrüßt vor der Tür den Neuankömmling. „Wenn das nicht Django ist, freß ich einen Besen. Wo kommst du denn her? Hier ist der Kampf zu ende. Bißchen spät gekommen."

„Guten abend Billi. Was für ein Kampf war denn hier?" „Es kam ein Reitertrupp und hat die Farm angegriffen. Es soll schon einmal einen Überfall gegeben haben. Und gestern hat Lakota erst unseren weiblichen Boß befreit. Widerlich was die Frau durchmachen mußte. Aber sag, wo kommst du her?" Django zeigt auf die Schleifspur „Siehst du die Spur dort? Dann weißt du wo ich herkomme."

Billi sieht die Schleifspur. Er verfolgt mit den Augen die Spur – so weit man es bei den Lichtverhältnissen sehen kann. „Die Spur führt ja hinter das Haus." Django nickt nur. „Yeah, dort liegen ein paar Gestalten im Sand. Denke mal, die wollten bei dem Kampf mitmachen."

Die Haustür wird geöffnet und Joe, die Farmerin und Lako treten heraus. „Alles in Ordnung Billi?" „Ja, alles ok. Lako." „Wer ist der Mann bei dir?" fragt die junge Frau. „Oh, da brauchen Sie keine Angst haben Ma'am. Das ist Django." Django tippt kurz an seinen Stetson „Ma'am." Dann berichtet Billi weiter „Er kommt aus der Richtung hinter dem Haus. Dort sollen noch ein paar Gestalten im Staub liegen."

„Wir haben gesehen, aus welcher Richtung er

kam. Und wenn da ein paar Gestalten den Sand küssen, denke ich mal, daß einer dafür gesorgt hat." meldet sich Lako zu Wort. Hinter Django kommt Old Man zum Haus. „Das war es wohl für heute." „Für heute ja, aber es ist noch nicht zu Ende. Karl ist bestimmt noch am Leben." „Wer fast um mich geschehen. Hatte sich doch einer der Banditen hinter mich postiert. Und dann flog eine Kugel dicht an meinem Kopf vorbei und anschließend der komische Vogel herunter." „Sein Gewehr hatte ihn verraten. Sonst wär Opa jetzt tot." sagt Django. Jetzt sieht Old Man den Mann, der mit einem Sarg an ihm vorbei ging. „Sagen sie mal, warum ziehen sie eigentlich immer den Sarg hinter sich her?" „Dann brauch ich den Inhalt nicht zu tragen." „Und was ist da drin?

Wenn man fragen darf." „Na, was man als Reiter eigentlich braucht. Mein Sattel." „Warum haben sie kein Pferd? Wie andere auch." „Es wurde mir unterm Hintern weggeschossen." „Banditen?" „Ne, Indianer." „Wie? Hier gibt es Indianer?" fragt jetzt die junge Frau. „Nicht hier. Im Nachbarland." „Das ist doch nicht weit." „Nö, nur ein paar 100 Meilen." kam es trocken.

„!00 Meilen … Sie haben den Sarg 100 Meilen hinter sich hergezogen?" „Nö, eine Strecke mit der Bahn und dann mit der Postkutsche. Aber – wer ist Karl und was wollte er? Und wer ist Lako? Ich kenne keinen Lako." „Lako bin ich, wenn sie nichts dagegen haben. Und Karl ist ein übler Bursche, der es auf Frauen abgesehen hat, um sie zu mißhandeln."

Django mustert den Mann in der Haustür. „Gehört ihnen die Farm?" „Der Lady hier. Und die will dieser Karl haben. Hatte sie ja bereits am Pfahl angebunden um sie auszupeitschen."

„Gehen wir doch ins Haus." sagt die junge Frau. Die Männer klopfen sich den Staub von der Kleidung und betreten das Haus. Sie setzen sich an den Tisch. Lako und Django sitzen sich gegenüber. So kann jeder den anderen genau studieren. „Lako, was machen Sie? Sind Sie Marshal oder Sheriff?" „Weder noch. Bin mal hier und mal dort. Und wenn jemamd Hilfe braucht, weil er unterdrückt wird, helfe ich demjenigen. Ob es dem Unterdrücker gefällt oder nicht. Das interessiert mich nicht." „Und wenn das eigene Leben dabei auf dem Spiel steht?" „Das ist mein Risiko."

Die Farmerin kommt mit Essen an den Tisch. „Lako ist schnell mit der Waffe." „Es gibt schnellere." sagt Lako. „Aber ich habe es doch selbst gesehen." „Sicher. Aber es kommt irgendwann jemand, der schneller ist." „Das stimmt, Lako. Irgendwann. Aber das entscheidet die Zeit."

*

Der Falschspieler aus der Stadt hatte sich nicht dem Trupp von Karl angeschlossen. Er ist allein unterwegs. Er mag nicht, wenn man ihm in die Karten schaut. In der Stadt hat er Glück gehabt. Auch den Überfall hat er mitbekommen. Ja, es hat sehr viele Tote gegeben. Und der Anführer hat sich fein rausgehalten. Feige versteckt hatte er sich. Das hat der Falschspieler alles beobachtet.

Nun ist er auf dem Weg zur Farm runter. Er

reitet nicht schnell. Doch was hat er für Ab-
sichten? Farmarbeit ist nichts für ihn. Und ein
Revolvermann ist er auch nicht. Spieler ist er.
Aber auf der Farm ist keiner, der Lust auf ein
Spielchen hat.

Der Mann reitet langsam den kleinen Abhang
herunter. Ein Pferd wiehert. Sonst ist es still in
diesem Tal. Mit hängendem Kopf schreitet das
Pferd mit seinem Reiter der kleinen Farm entgegen. Wer meint, er kann unbemerkt auf diese
Farm gelangen, der irrt. Das wiehern des Pfer-
des war ein Warnruf.

Die Personen im Haus haben die Warnung
gehört. Sofort waren sie am Fenster und
schauten raus. „Hier ist nichts zu sehen." sagt
Joe. Billi kann ebenfalls nichts Verdächtiges
erkennen. Nur Lako sagt „Da kommt einer den
Abhang herunter. Nicht schnell. Er reitet langsam." Alle gehen zu dem Fenster, wo Lako
stand. „Von dort ist noch keiner gekommen.
Der Reiter muß sich also hier auskennen. A-
ber wer ist das?" „Werden wir sehen, wenn er
hier ist." Sie setzen sich wieder an den Tisch.
„Ma'am. Haben sie eigentlich auch einen Na-

men? Unsere Namen kennen sie ja. Aber wir kennen nicht ihren." sagt Django. „Wollt' nicht unhöflich sein. Nur mal fragen."

Die junge Farmerin schaut ihn an „Doch ich habe einen Namen. Daggy. Vor lauter Angst und dem ganzen Hin und Her bin ich noch gar nicht dazu gekommen mich vorzustellen." „Ist ja verständlich. Aber zur Zeit ist ja Ruhe. Da kann man ja mit einander reden."

„Wir gehen mal rüber in den Stall. Dir Tiere versorgen." sagt Joe. Tippt Billi kurz an der Schulter an und geht hinaus. Billi springt vom Stuhl auf und folgt ihm. Jetzt wissen die beiden jedenfalls wie ihr Boß heißt.

Die beiden Freunde gehen in den Stall. „Joe, jetzt wissen wir wie unser Boss heißt: Daggy." „Ja, aber tabu ist sie trotzdem." „Was du schon wieder denkst. Wenn man weißt wie der Boss heißt, bedeutet das noch nicht, das man mit ihr ins Bett will." Joe grinst in sich hinein. >Billi hat wieder Gedanken. Die habe ich noch nicht mal.< „Billi, ich will nur nicht,daß es zwischen uns wegen ihr zum Streit kommt." „Dazu gehören zwei. Zum Streiten. Ich will auch keinen mit dir. Trotzdem ist es gut, wenn man weiß wie der Boss heißt." Sie versorgen die Pferde und dann die Rinder." Nachdem sie fertig sind, wollen sie zur Unterkunft. Da sehen sie den Reiter vor dem Haus. Es ist der Falschspieler.

Daggy, Lako und Django haben den Reiter auch mitbekommen. Sie gehen zur Haustür. Daggy öffnet und fragt „Wer sind sie? Und was wollen sie?" Die beiden Männer hinter ihr haben ihre Hände in der Nähe ihrer Faustwaffen. Sicher ist sicher. Auch die beiden Freunde beim Stall haben die Hände griffbereit.

„Guten Abend, Ma'am, ich bin Holliday und suche ein Nachtlager." antwortet der Falschspieler. „So, ein Nachtlager suchen sie. Hier ist kein Hotel. Da hätten sie in der Stadt bleiben sollen. Im Saloon wär bestimmt noch ein Zimmer gewesen." meldet sich Lako. „Im Saloon war kein Platz für mich." „Wieso? Hast Blödsinn gemacht? Im Saloon ist für einen kein Platz, wenn man Dummheiten gemacht hat. Kati ist sonst ein ganz guter Mensch."

Holliday schaut betroffen drein. >Die haben mich durchschaut.< denkt er. „Ich bin Spieler. Also mit Karten." „Ja, Spieler gibt es viele. Manche spielen aber auch falsch. Also mit gezinkten Karten. Wenn man so einen dann beim Falschspiel erwischt, wird es meistens ungemütlich. Für den Falschspieler." Diese Worte kommen von Django. „Und wenn du im Saloon kein Zimmer bekommst, scheinst du einer dieser Gesellen zu sein."

Holliday muß stark schlucken. Mit so einer klaren Meinungsäußerung hat er nicht gerechnet. „Ja, also ich bin Spieler. Und ich habe versucht mit einem falschen Spiel eine große Summe zu bekommen." „Und das ist so zu sagen in die Hose gegangen." Holliday nickt nur. „Hast Glück gehabt, daß du mit dem Leben davon gekommen bist. Meistens endet so etwas tödlich." „Ja, es gab eine Rauferei. Und dann hat irgendjemand plötzlich geschossen. Da war die Rauferei beendet. Die Saloonbesitzerin kam zum Tisch und hat das Geld einkassiert." „Das war für die Renovierung des Saloons. Das ist nun mal so. Wer da was kaputt macht, muß auch für die Wiederherstellung sorgen."

Der Falschspieler dreht sich um und will zu seinem Pferd gehen. „Nichts für ungut. Kann verstehen, daß ich nicht hier bleiben kann." „Wer hat das denn jetzt gesagt? Von uns keiner. Kommen sie erstmal rein. Das wird so frisch hier draußen." sagt Daggy. Sie gehen alle ins Haus. Auch der Falschspieler.

Daggy stellt dem Falschspieler noch etwas zu essen vor. Es sind die Reste ihres Abendbrotes. „Danke, Ma'am. Sehr freundlich." Der Falschspieler beginnt zu essen. „Können Sie außer Kartenspielen auch mit einer Waffe hantieren? Nur mal so nebenbei gefragt." kommt es von Lako. Der Spieler schaut ihn an „Doch, wenn es sein muß." „Hier wird zur Zeit jede Hand gebraucht. Denke der Karl ist noch nicht fertig hier." „Ich bin aber kein Gunman. Wenn Sie das meinen." „Das sind Joe und Billi auch nicht. Sind auch ganz normale Arbeiter. Aber – wie ich gesehen habe – können sie auch mit einer Waffe umgehen. Und das gar nicht mal so schlecht."

Holliday schaut zu den beiden Jungs hinüber. „Na gut, wenn ich denn hier bleiben kann." „Die Karten brauchen Sie hier nicht. Wir spielen nicht." „Ist ja schon gut." „Geschlafen wir drüben, wo die Unterkunft für Arbeiter ist."

Joe und Billi machen sich auf dem Weg zur Unterkunft. Holliday folgt ihnen. „Ich werde auch rüber gehen, sonst koimmt noch wer auf dumme Gedanken." sagt Django. Dann folgt er den dreien über den Hof. Lako bleibt bei Daggy im Haus. „Wenn noch ein paar kommen, wäre eine kleine Mannschaft vorhanden." „Ja, zwei müssen sie aber wieder abziehen. Django und mich." „Ich weiß. Aber erstmal bin ich froh, daß ihr da seid. Jedenfalls zwei, die mit Waffen umgehen können." „Na, daß können Joe und Billi aber auch." „Lako, sie wissen schon wie ich es meine." „Nö, wie meinen sie das denn? Django und ich Revolverschwinger?" „Das haben sie gesagt. Nicht ich." „Gut, wir sind schneller. Zur Zeit. Aber irgendwann kommt immer mal einer, der schneller ist." „Das hat aber noch Zeit. Noch werdet ihr hier gebraucht." Lako grinst in sich hinein.

Django betritt die Unterkunft und hört gerade wie Holliday die beiden Jungs fragt „Wie ist das Jungs? Ein kleines Spielchen?" Die Antwort kommt von der Tür „Nein!" Holliday dreht sich erschrocken um. „Oh, Django, ich habe sie gar nicht kommen gehört. Ich hatte die beiden anderen gefragt." „Die Antwort lautet Nein! Hier auf dieser Farm wird nicht gespielt."

Holliday schaut zu den beiden anderen und fragt „Hat er hier auch was zu sagen?" „Ja." kommt es von beiden. Holliday sucht sich einen Schlafplatz am Ende der Reihe, hinten an der Wand. Django nimmt das Bett, das gleich neben der Tür ist. Das ist eine Masche von ihm. Joe und Billi haben ja bereits ihre Betten bezogen. Holliday nimmt ein Bett am Ende des Raumes. Er hofft, daß man ihn dann nicht gleich entdeckt. Immerhin ist es hier dunkel.

*

Karl erreicht enttäuscht die Stadt. Er hatte sich das anders vorgestellt. Das Lako aber auch immer dazwischen funken muß. Und was ist mit dem zweiten Trupp passiert? Wer hat die Kumpels erschossen? Diese Fragen gehen ihm immer durch den Kopf. Antworten hat er noch keine.

Er erreicht die Stadt. Im Saloon ist noch Betrieb. Karl bringt sein Tier in den Mietstall, versorgt es gründlich und geht in den Saloon. Von der Theke kommt die Bemerkung „Karl, da bist du ja. Hat alles geklappt?" „Nichts hat geklappt. Wie denn auch, wenn dieser Hundesohn Lako dazwischen funkt." „Hat der deinen zweiten Trupp erledigt?" „Ne, der folgte unserer Spur. Wir hatten ihn auch gefangen. Aber irgendwer hat ihn im Lager befreit. Und die Hure hat ein paar Männer um sich." „Dieser Lako hat aber den zweiten Trupp nicht erledigt. Das war ein Mann, der einen Sarg mit sich schleppt."

Karl schaut dem Sprecher an „Was sagst du da? Ein Mann mit einem Sarg?" Der Barkeeper stellt ein großes Bier vor Karl hin. „Spül erstmal den Ärger runter." „Danke."

Aus einer Ecke kommt ein Mann zur Theke.
„Ja, ein großer Mann mit einem Sarg. Und der
saß mitten auf dem Weg. Keiner konnte an ihm
vorbei. Der zieht den Colt so schnell, daß dir
schwindlig wird. Bevor einer seinen Colt heraus hat, hat der seinen gezogen, abgefeuert
und wieder eingesteckt." „Hat er seinen
Namen verraten?" „Ne, hat er nicht."

Die Leute im Saloon sind überrascht. So etwas
haben sie noch nie gehört. Sie wissen von Lako. Das er schnell ist. Wissen zwar nicht, was
er eigentlich für einer ist, aber von ihm haben
sie schon gehört. Doch der neue Mann? Wer
ist das? Für wen arbeitet er? Keiner weiß eine
Antwort. Bei Lako wissen sie auch nicht für
wen er arbeitet. Aber von ihm haben sie gehört.

„Karl, was machst du denn jetzt? Aufgeben
und was anderes suchen?" „Bist du verrückt?
Aufgeben? Ich? Ne. Suche mir neue Leute und
dann wird die Farm von allen Seiten genommen. Nicht nur von zwei Seiten." „Ja, wenn
von allen vier Seiten gleichzeitig angegriffen
wird, reichen denen keine zwei Revolverhel-

den." Karl dreht sich den Anwesenden im Raum zu „Wer kommt mit gegen diese Farm?" „Was bringt uns das ein, außer das wir erschossen werden?" „Du willst doch nur wegen der Frau die Farm angreifen. Was ist denn sonst dort zu holen?" Im Saloon ist allgemeines Schweigen.

Die Tür des Raumes wird aufgestoßen und ein kleiner Mann kommt rein. „Was ist hier denn los? Trauerstimmung?" „Karl will die Farm angreifen, wo nur noch die Frau da ist. Ihn hat Karl ja schon abgeknallt." „Ja, und dabei ist – bis auf die Frau – dort nichts zu holen." „Meint ihr, die Farm 20 Meilen entfernt?" „Ja, wieso? Kennst du sie?" Alle drehen sich zu dem kleinen Mann um. „Klar. Ich würde die auch gern haben wollen. Aber ich habe nicht die Mittel für eine entsprechende Mannschaft. Und mit ner Waffe kann ich auch nicht umgehen." „Wie du willst die Hure auch haben?" „Nicht die Frau. Die Farm." „Was ist denn da so toll dran? Ist dort Gold oder ein anderer Schatz?" „Ja, also ich habe mal gehört, daß die Farm auf einer großen Silbermine steht." „Dort ist Silber?" „Wer hat das gesagt? Wurde da schon was von gefunden?" „Das weiß ich nicht. Ich habe das ja auch nur gehört."

Im Saloon herrscht mit einmal reges diskutieren. „Sag mal Karl, hast du das vorher gewußt? Das mit der Mine?" „Ne, die interessiert mich nicht. Nur das Mädel, das will ich haben." „Momentmal, die Farm interessiert dich nicht? Nur die Frau?" „Ja. Nur die Frau."

Im Raum herrscht mit einem Mal eine eigenartige Stimmung. Dann fragt einer „Warum interessierst du dich nur für die Frau? Die ist vor einem Monat mit einem anderen Mann hierher gekommen. Hatten ein Papier, das sie als Eigentümer der Farm auswies. Das war alles legal. Und dann bist du mit Addi gekommen. Habt die beiden auf der Farm überfallen und ihn erschossen. Das haben wir mittlerweile mitbekommen."

Karl bemerkt, daß sich einige der Leute auf einem Mal verhalten, als wollen sie ihm an die Gurgel. „Was hat das Mädchen dir denn getan?" „Hatte der andere sie dir ausgespannt?" Karl wird es plötzlich immer ungemütlicher.

Er schaut zu Addi. Der dreht sich dann den Anwesenden zu „Leute, die Frau hat vorher für Karl gearbeitet. Als Hure. Und ihr wißt doch: einmal Hure, immer Hure."

Als Antwort bekommt Addi ein volles Glas Bier ins Gesicht geschüttet. „Die Frau hatte sich für den anderen entschieden. Die wollten zusammen bleiben." „Ja, und sie wollte bestimmt nicht mehr als Hure arbeiten." „Der Kerl hatte sie dem Karl doch einfach weggenommen." „Sie ist wohl eher mit ihm mitgeritten, um von euch weg zu kommen."

Plötzlich greift Karl zum Colt „Schluß jetzt mit dem Gerede. Die Frau gehört mir. Und damit basta." Jetzt hat auch Addi seinen Sechsschüsser in der Hand. „Sie ist dem Kerl nicht freiwillig gefolgt. Er hat sie entführt." Die beiden Freunde verlassen den Saloon. Draußen fragt Addi „Und wo schlafen wir jetzt? In den Saloon können wir nicht mehr." Karl dreht sich nur um und geht ein paar Straßen weiter. Dort sieht er ein leerstehendes Haus. „Hier können wir schlafen, Addi." „Ich glaube, hier finden wir keine Männer mehr für

den Überfall." „Schlafen wir erst mal. Morgen reiten wir in die nächste Stadt. Wäre doch gelacht, wenn wir keine Männer finden."
Die beiden verschwinden in einem leerstehenden Haus. Dort suchen sie einen geeigneten Raum zum Schlafen.

„Sag mal Karl, wo bekommen wir jetzt denn eine geeignete Mannschaft?" „Addi, was liegt ca. 30 Meilen westlich von hier?" „Da liegt eine kleine Stadt, die von Rinderherden lebt." „Siehst Du, dort werden wir denn mal sehen, ob wir dort nicht ein paar Kerle finden, die uns helfen. Meistens ist dort der Rindertrial zu Ende. Und dann sind immer ein paar Leute arbeitslos." „Und Du meinst, die machen bei uns dann mit." „Arbeit ist Arbeit."

Die beiden haben einen Platz gefunden und legen sich hin zum schlafen.

Am nächsten Morgen machen Karl und Addi sich noch vor dem Morgengrauen auf den Weg zur Stadt mit der Bahnanbindung. Sie reiten nicht schnell. Und so brauchen sie einen halben Tag bis sie in der Stadt angekommen sind.

Es sind diesen Monat drei Rindertrecks zur Stadt gekommen. Sie haben allerdings verschiedene Rindermengen. Ein Treck brachte 150 gute Rinder, der zweite 90 Rinder und der dritte 200 Rinder. Jeder Rinderzüchter hatte eine Mannschaft von 10 bis 15 Mann.

Das hatte sich Karl überlegt. 3 x 12 sind 36 Männer. Die Rinderbosse nicht mitgezählt. Da wird doch der eine oder andere dabei sein, der einen neuen Job sucht. Schnell haben sie den Saloon der Stadt gefunden und gehen hinein. An der Eingangstür bleiben die beiden erstmal stehen. Der Saloon ist richtig voll. Die Theke ist voll umgarnt. Die Tische sind ebenfalls voll besetzt.

Karl bahnt sich einen Weg zur Theke. Dort hat er bisher immer einen Platz gefunden. Addi folgt ihm. An der Theke sagt Karl zum Barkeeper „Ich hätt einen Whisky." „Das macht 2 Dolllar." „Was nun denn los? Muß man seinen Drink immer gleich bezahlen? Ich bezahl, wenn ich fertig bin." „No, Mister, gleich bezahlen oder keinen Drink." „Was sind denn das für Manieren?" Einer der Männer an der Theke saagt „Ja, hier mußt du immer gleich bezahlen. Die haben Angst, sie kriegen ihrr Geld nicht." „Ist schon zu oft vor gekommen. Haben Getränke bestellt. Dann gab's eine Rauferei und keiner wollte die offene Rechnung begleichen. Und da hat der Boss gesagt, wer hier was trinken will, muß immer gleich bezahlen." „Das ist doch auch vernünftig. Besser als gar nichts." Karl schaut den Sprecher verständnislos an. „Heißt das jetzt, für jedes Glas muß ich sofort das Geld hinlegen?" „Kannst ja auch ne Flasche nehmen. Dann zahlst du für die Flasche und hast genug zu trinken. Aber das Geld wird gleich hingelegt." Karl greift in die Tasche und holt sein Geld heraus. Schaut wie viel das ist und sagt „Dann gib mir eine Flasche Whisky." „Macht dann 8 Dollar." Karl legt acht Dollar auf den Tresen und bekommt eine Flasche. Dann schaut er sich nach einem Tisch um. In einer dunklen Ecke findet er einen und begibt sich dorthin.

Gemeinsam mit seinem Freund Addi beobachtet er die Anwesenden. Der Klavierspieler kommt, setzt sich ans Klavier und beginnt zu spielen. Nach wenigen Minuten kommen Mädels von oben und mischen sich unter die Männer.

Die beiden Freunde suchen nach geeigneten Männern, die sie für ihr Vorhaben gebrauchen können. Sie sehen zwei junge Reiter, die ihre Waffen niedrig tragen. Karl gibt Addi einen Wink mit dem Kopf. Schon erhebt sich sein Freund und geht zu dem einen jungen Reiter. „Hey, mein Freund würde gerne mit Dir reden." spricht er ihn an. „So, will er das? Und warum kommt er nicht selbst. Braucht er einen Vorredner?" „Ne, das braucht er nicht. Aber ich sitz näher dran. Nun mach i8hm doch die Freude. Kriegst bestimmt auch was zu trinken." Der Angesprochene stupst seinen Freund an „Du, der in der Nische da, will mit mir reden. Komm mal mit, mal sehen, was er will." Die beiden jungen Reiter kommen zu Karl und Addi an den Tisch. „So, da bin ich. Habe meinen Freund mal mitgebracht." „Das ist gut. Setzt euch doch. Whisky?" sagt Karl. Die beiden Reiter setzen sich, während Addi zwei Gläser holt.

Dann stellt er die Gläser vor den beiden hin und Karl gießt gleich ein. „Prost." sagt er zu den beiden. „Na, was ist denn der Grund, daß ich herkommen soll?" kommt der eine gleich zum Punkt.

„Siehst aus, als ob Du Arbeit gebrauchen kannst." „Naja, wir sind heute mit einem Rindertreck hergekommen. Und der Treckboß kann uns nicht mehr gebrauchen. Was wäre das denn für eine Arbeit? Wir nehmen nicht jeden Gott verdammten Job an." „Aber mit dem Ding da an der Seite könnt ihr schon umgehen?" „Doch, das können wir. Sind aber keine Revolvermänner. Die Waffen haben wir zum eigenen Schutz. Um uns selbst verteidigen zu können." „Ach so, ihr tragt die Dinger nur zur Schau. Das wußte ich nicht." kommt es von Karl.

Der Angesprochene steht auf, nickt seinem Partner zu und will gehen. „Hinsetzen." hört er da hinter sich. „Es wird erst gegangen, wenn ich es sage." Der Angesprochene dreht sich langsam um und sagt „Du hast uns gar nichts zu sagen. Mein Partner und ich werden nicht für dich arbeiten."

Mit der Antwort hat Karl nicht gerechnet. Er will die beiden Reiter in seiner Mannschaft haben. „So, meint ihr. Das sehe ich aber anders." Bei diesen Worten hat er seinen Colt auf die beiden gerichtet. Die beiden Reiter sehen den Colt und bleiben ganz ruhig.

Im Raum ist plötzlich eine gespannte Stille eingetreten. Alle schauen zu der dunklen Nische aus der die drohenden Worte kamen. „Musik. Warum erklingt keine Musik? Ist der Klavierspieler umgefallen?" Dann erklingt das Klavier wieder.

„Und jetzt zu Euch beiden." wendet sich Karl den beiden jungen Reitern wieder zu. „Wenn wir für Dich reiten sollen, mußt Du uns pro Tag und Nase 5 Dollar zahlen. Darunter ist nichts zu machen." „Hörst Du Addi, die beiden stellen Bedingungen." „Ja, und dabei sind die gar nicht in der Lage welche zu stellen."

Da kommt es vom Tresen „Das sehen wir aber anders. Die beiden sind in der Lage." Karl und

Addi schauen zum Tresen. Ebenso die beiden jungen Reiter. Dort stehen sechs Männer breitbeinig da. Die Hände schweben über ihren Colts. „Entweder ihr geht auf die Bedingungen ein, oder die beiden kommen zu uns an den Tresen." „Die beiden bleiben hier. Ihr habr euch gar nicht einzumischen." sagt Karl. „Siehst Du, das siehst Du wieder falsch. Oder meinst Du, wir lassen die beiden jetzt allein, nur weil der Treck beendet ist?"

Addi fühlt sich plötzlich nicht mehr wohl und Karl sieht plötzlich sechs Männer vor sich, die bereit sind, ihre Colts zu ziehen. Die beiden Reiter sehen auch ihre Treck-Kameraden bereitstehen, um ihnen bei zu stehen. Sie müssen grinsen. Damit haben sie nicht gerechnet. „Der Treck ist zwar vorbei Tracy, aber noch sind wir zusammen. Und wenn ihr beide in Problemen steckt, können wir noch helfen." Tracy erhebt sich vom Stuhl und geht zum Tresen. „Das sehe ich. Weiß zwar nicht was die beiden vorhaben, aber wir können auch sagen unsere Bedingungen gelten für acht Personen. Oder, was meinst Du Clay?"

Karl schluckt erstmal. Plötzlich sind da acht Personen. Das ging ja schneller als er gedacht hatte. Er überlegt nicht lange und sagt „Gut, 5 Dollar pro Tag für jeden von Euch." Addi schaut jetzt seinen Freund verdattert an. Karl bemerkt es und winkt Addi nur kurz ab. Dieser versteht das Zeichen seines Kumpels.

Die acht Weidereiter drehen sich wieder dem Tresen zu und Karl verläßt mit Addi den Saloon. Draußen fragt Addi „Was war das denn eben?" „Addi, wo wollen wir hin? Zu der Farm. Und was ist dort? Oder besser wer ist dort? Für die brauchen wir doch keinen Lohn zahlen. Denen werden die blauen Bohnen um die Ohren pfeifen."

Bei dem Gedanken muß jetzt Addi breit grinsen. „Die haben gar nicht gefragt, was das für Arbeit ist." „Die werden sich wundern. Wenn das Ballern beginnt." „Gehen wir erstmal schlafen." Die beiden Freunde gehen ein paar Straßen weiter in ein Haus, das sie noch gut kennen.

Tracy, Clay und ihre Kameraden haben den

Abgang der beiden beobachtet. „Was meinst Du Clay, sehen wir die beiden noch mal wieder?" „Mit Sicherheit. Die suchen Männer. Fragt sich nur wofür." „Wie Rinderbosse sehen die aber nicht aus." „Eher wie Gauner." „Können das ja mal testen." „Wie willst Du das denn testen?" „Naja, wenn sie wiederkommen, wie Clay gesagt hat, werden wir ja sehen, wie die sich entschieden haben. Kommen sie , gehen sie auf Tracys Bedingungen ein. Und wir reiten mit. Stellt sich heraus, daß es sich um einen schlechten Job handelt, können wir immer noch umschwenken." „Wenn es nicht zu spät ist." „Das ist eben das Risiko." Die Kameraden sind sich einig.

*

Auf der Farm sind alle fleißig am Arbeiten. Joe, Billi und Lako kümmern sich um die Umzäunung der Weiden, die zur Farm gehören. Die Tiere, Rinder wie Pferde, laufen in den fertigen Weidegebieten, die nahe der Farm sind.

Django hat seine Waffen kontrolliert. „Django,

warum helfen Sie uns?" „Ihr seid in der Min-
derzahl. Das kann ich nicht leiden. Und die
beiden Burschen sind keine Kämpfer. Lako ja,
aber die anderen beiden nicht. Sie können mit
den Waffen umgehen. Mehr aber nicht."

„Ja, Lako scheint ein Kämpfer zu sein. Aber
was sind Sie?" „Ein freier Mann. Wie Lako.
Der scheint auch ein freier Mann zu sein." „Ja,
wenn das hier zu Ende ist, zieht er weiter. Er
will nicht hier bleiben. Obwohl ..." „Ja, er wird
seinen Weg weitergehen. Egal, ob Sie ihn mö-
gen oder nicht."

Daggy deckt den Tisch für das Mittagessen.
Und Django bringt die kontrollierten Waffen in
den Waffenschrank. „Was meinen Sie? Kommen die Banditen noch einmal hierher?" „Die
von gestern? Die toten nicht mehr. Aber die
die abgehauen sind – ja." „Woher wußten Sie
überhaupt, was hier los war?" „Daggy, der
Lärm war laut genug. Und Gestalten, die ein
Anliegen von zwei Seiten angehen, haben
meistens nichts gutes im Sinn. Da kann man
schon mal helfen. Ohne zu fragen."

Daggy schaut auf den Herd >Ne, gefragt hat er nicht. Einfach eingegriffen.< „Ich frage jetzt mal: rufen Sie die anderen zum Essen?" Django grinst, geht zur Tür, schaut nach den drei arbeitenden Männer und ruft sie.

Lako schaut zum Haus und erkennt das Zeichen für Essen. „Joe, Billi, wir sollen zum Essen kommen." Die drei lassen ihr Handwerkszeug zum Boden gleiten und begeben sich zum Farmhaus. Lako schaut in die Runde. >Wir haben ja ordentlich was geschafft.< stellt er fest. Dann erreichen sie das Haus und gehen hinein.

Billi schnuppert mit seiner Nase. „Das riecht aber gut." „Na, wenn es Dir denn auch so schmeckt." Alle am Tisch haben ihre Teller mit dem köstlichen Essen von Daggy gefüllt. „Hm, also mir schmeckt es." sagt Lako. Alle bestätigen den guten Geschmack.

Von draußen dringen Geräusche ins Haus. Sofort stehen Django und Lako am Fenster. Die Hände an den Colts. Eine Kutsche wird sichtbar. „Ah, Old Man kommt." Daggy steht auf, geht an den Schrank und holt noch einen Teller. „Der ist bestimmt ohne Essen losgefahren." Lako schaut zum Tisch. „Es sind zwei auf der Kutsche. Seine Frau ist mit." Daggy holt noch einen Teller. „Es ist genug zu Essen da. Dann kommt es auf ein oder zwei nicht an."

Die Nachbarn sind von der Kutsche abgestiegen. Lako steht in der Tür. „Was bringen Sie uns denn da?" „Och, das ist nicht weiter schlimm. Nur ein paar Bretter, Drähte und Nägel für die Zäune." Old Man hat sich in der Zwischenzeit angeschaut, was die drei Arbeiter bereits geschafft haben. „Donner Wetter, da waren aber welche sehr fleißig." „Ja, zu dritt geht das eben schneller von der Hand. Aber kommt erstmal rein zum Essen. Es ist genug da." Die beiden Nachbarsleute gehen ins Haus, grüßen alle und setzen sich mit an den Tisch. „Das sieht aber gut aus." sagt die Nachbarin. „Schmeckt auch so." antwortet Billi.

„Hoffentlich kommen in den nächsten Tagen keine Banditen hier her. Dann wäre die ganze Arbeit um sonst gewesen." „Es werden welche kommen. Der Karl – ist der Anführer – gibt keine Ruhe, bis er Daggy in seinen Händen hat." „Aber, wenn er tot ist." „Dazu muß man ihn erstmal vor den Lauf bekommen." Die Runde ißt dann still weiter.

Dann sagt die alte Nachbarin „Am Wochenende ist auf der Q-Ranch ein Fest. Da könnten wir doch alle hin. Das wäre dann mal eine  Abwechslung." „Wenn es ruhig bleibt."

Django erhebt sich und geht in eine Ecke. Dort schaut er aus dem Fenster. >Wenn man vom Teufel spricht ...< denkt er sich. In der Ferne hat er eine Reihe von Reitern gesehen. Um keine unnötige Unruhe aufzubauen, sagt er der Allgemeinheit nichts. Nur Lako gibt er ein Zeichen. Der begibt sich ganz ruhig zu dem Fenster, an dem Django steht. Er erkennt auch sofort die Reiter, die sehr bemüht sind in Deckung zu bleiben.

Die beiden Kämpfer gehen zusammen zur Haustür und hinaus. Lako tippt Joe und Billi kurz an und ein Zeichen ihm zu folgen. Es wird kein Wort gesprochen. Die beiden Freunde nehmen ihre Waffen mit und folgen den anderen beiden.

Als sie die Tür hinter sich geschlossen haben sagt Lako „Wir bekommen Besuch." Joe will wieder hinein gehen und es den anderen mitteilen. „Joe." kommt es kurz. Der Junge schaut zu dem Sprecher, dieser schüttelt den Kopf. „Keine Panik verbreiten. Wir verteilen uns so, daß wir nicht überrumpelt werden können." „Müssen wir die drei drinnen nicht warnen?" „Die bekommen es früh genug mit. Außerdem ist Old Man drinnen  besser aufgehoben als hier draußen." „Gut, ich gehe wieder da drüben beim Stall hin. Dort hatte ich gestern einen guten Platz." sagt Billi. Lako nickt nur und zeigt in die Richtung in der Joe sich einen guten Platz suchen muß. Dann schaut er sich nach Django um. Kann ihn aber nicht sehen. >Na, der weiß schon was er tut.< denkt er sich und macht sich auf den Weg selbst einen geeigneten Platz zu finden.

Django ist derweil den fremden Reitern entgegengegangen. Dabei immer bedacht, daß er nicht gesehen wird. Auf einem Baum hockend beobachtet er den Reiterpult. Dieser ist an einem Ort angekommen, von dem sie in zwei Abteilungen angreifen können. Sie sind sich sehr sicher und sind aus den Sätteln gestiegen. Sie sitzen in einer Runde und Karl erklärt ihnen wie das ganze von statten gehen soll. Da fragt Clay plötzlich „Karl, was ist eigentlich der Hauptgrund des Überfalls? So, wie ich das sehe, ist hier nichts zu holen. Auf den Weiden laufen drei Kühe, ein Bulle und ein paar Pferde. Die Farm wird erst aufgebaut. Was ist der Grund des Überfalls?"

Karl schaut den Sprecher an, dann in die Gesichter der Reiter. „Auf der Farm ist eine Person, die mir gehört. Sie wurde entführt und hier her gebracht." „Ja." kommt es von Addy. „Der Typ, der sie entführt hat, ist erledigt. Aber die Person hat sich einige Leute besorgt, die sie beschützen sollen."

Jetzt wissen die Reiter was sie sollen. Aber, was für Leute sind um die Person herum. Sind das Revolverschwinger? Tracy sagt da „Ich denke mal, die Person, um die es hier geht, ist eine Frau." Die Reiter schauen sich gegenseitig an: sie sollen also eine Farm angreifen, um eine Frau dort weg zu holen.

„Wir sollen also für Dich dort eine Frau rausholen, die Eurer Meinung nach entführt wurde. Und wenn sie gar nicht entführt wurde, sondern freiwillig mit …" „Sie wurde von mir entführt. Sie gehört mir." „Was hat sie denn für Leute um sich versammelt?" „Irgendwelche Gunmens. Was weiß ich, was das für Leute sind."

„Ich habe gehört, daß einer der Leute ein gewisser Lako sein soll. Er reitet einen sehr flotten Fuchs." „Und was ist das für einer? Dieser Lako?" „Weiß nicht genau. Irgendwie ein Abenteurer. Taucht immer dort auf, wo Ungereimtheiten entstanden sind."

„Karl wurde von einem Reiter mit einem Fuchs umgeritten. Das habe ich gesehen. Aber wie er heißt, weiß ich nicht." „Ja, und schnell war der Kerl. Sehr schnell."

Einer der Reiter schaut seine Kumpels an „Das hört sich nach Lako an. Ein Fuchs unterm Sattel und selber auch noch schnell. Hat er denn geschossen? Und wenn, womit?" „Ne, geschossen hat er nicht. Nur mit dem Gewehr rumgewedelt. Und den Gewehrlauf an Karls Nase gehalten." Die Reiter fangen an zu grinsen >ein Gewehrlauf an der Nase<. „Und was sind das andere für Leute?" „Weiß ich nicht. Habe die nie vorher gesehen. Und neulich konnte ich auch keinen sehen. Mir flogen ja dauernd die Bohnen um die Ohren."

Clay schaut sich um „Das hört sich nicht gut an. Wenn der eine wirklich dieser Lako ist, wird es äußerst schwierig. Wenn nicht so gar unmöglich." „Wie so unmöglich? Das verstehe ich nicht." „Bevor wir da unten angekommen sind, ist Lako bereits gewarnt." „Wer will die denn warnen?" „Der Fuchs."

Django sitzt gemütlich im Baum und hört sich das Palaver an. >Wenn die wüßten, daß die auf der Farm bereits Bescheid wissen. Auch ohne den Fuchs.< Er hat die Anzahl der Reiter gezählt. >Letztes mal hattest du mehr, mein Lieber.<

„Und dann ist ja letztens noch was passiert. Irgendwer hatte meinen zweiten Trupp aufgerieben. Als Spur war nur eine breite Schleifspur erkennbar." „Das wird ja immer interessanter." meint einer der Reiter. „Es gibt keinen, der einen Trupp allein erledigen kann. Das schafft nicht mal dieser Lako."

>Würde er auch schaffen, wenn es sein muß.< denkt Django. Unterm Baum kommt Bewegung in den Reitertrupp. „Also, was ist nun? Erledigen wir den Job?" Karl schaut seine Reiter an, dann stehen alle auf und gehen zu ihren Pferden.

Django muß jetzt sehen, daß er zur Farm kommt. Immerhin ist er zu Fuß. Vorsichtig klettert er vom und huscht genauso lautlos wieder zurück, wie er gekommen war. Er schafft es, bevor die Reiter das kleine Wäldchen verlassen haben. Beim Blick zurück sieht er, daß sich die Reiter trennen. Er läuft schnell den Weg zurück zur Farm.

Lako sieht ihn kommen. „Wo kommst Du denn her?" Django holt erst mal Luft. Dann sagt er „Es sind 10 Reiter. Die waren in dem Wäldchen dahinten. Sie teilen sich wieder auf." „Was sind das für Männer?" „Meines Erachtens reine Cowboys, die sonst nur hinter Rindern her sind. Vor drei Tagen sind ja drei Trecks in der Stadt, die an der Bahn liegt angekommen." „Also keine Gunmens, wie der vorherige Trupp." „Ich geh hinter das Haus." „Gut, ich nehme den Platz vor dem Haus. Aber weiter links. Rechts ist Billi."

Die beiden sehen zu, daß sie ihre Stellungen erreichen. Der Reitertrupp hat sich geteilt. Wie es vorausgesehen wurde. Ein Teil kommt vom Wäldchen, während der andere Teil versucht auf die andere Seite vom Haus zu kommen.

Daggy und ihre Nachbarn schauen aus den Fenstern, da ihnen das Treiben draußen etwas seltsam vorkommt. Da entdeckt Old Man den Reitertrupp, der aus dem Wäldchen kommt. „Geht das schon wieder los?" „Darum huschen Lako und Django so hin und her." „Und mein Gewehr ist draußen auf der Kutsche."

Daggy geht zum Waffenschrank und sagt „Wir

haben hier genug Gewehre. Und Munition."
Dann holt sie zwei heraus, lädt sie durch und
reicht sie mit Munition Old Man. Dann holt sie
noch zwei aus dem Schrank und postiert sich
an einem anderen Fenster.

Die Nachbarin kommt aus dem Schlafzimmer, das nach hinten liegt. „Hinterm Haus
kommen auch welche. Sind da noch Gewehr-
re?" „Ich denke, um die kümmert sich Django.
Der ist nach hinten gelaufen." „Ich habe ihn
nicht gesehen." „Das ist ja sein Vorteil. Zu
sehen ist er nicht. Aber da ist er."

Old Man muß lachen „Da hast Du Recht,
Mädchen. Sehen kann man ihn nicht. Aber
sich auf ihn verlassen." Er denkt an den
gestrigen Tag, als plötzlich einer hinter ihm zu
Boden fiel. Das war Djangos Verdienst.

Kaum sind die Worte verklungen, als es draußen los geht. Von beiden Seiten kommen die
Angreifer gleichzeitig. Doch das hatten sich
Lako und Django schon gedacht. Joe und Billi
sind ebenfalls auf der Hut.

Die Reiter kommen schießend heran. Hoffen dadurch auf Erwiderung seitens der Verteidiger. Doch die verhalten sich noch still um nicht zu früh ihre Positionen zu verraten. Da das Feuer der Angreifer nicht erwidert wird, stoppen die Angreifer.

Es ist plötzlich ruhig. Beide Trupps sind angehalten. Was ist jetzt los? Laufen sie in eine Falle? Die Cowboys sehen sich an. Verbindung zum anderen Trupp haben sie jetzt nicht mehr. Beide Angriffsparteien müssen jetzt allein entscheiden.

Auch Karl und Addy sind verdattert. Von der Farm kommt keine Antwort auf ihre Schießerei. Langsam reiten die beiden weiter auf die Farm zu. Die anderen bleiben etwas zurück. „Karl, sind die weggelaufen? Es kommt kein Gegenfeuer." „Ich denke eher, die warten noch ab und lassen uns dichter ran kommen." Beide schauen immer wieder in die Runde. Dann nach hinten. Die Jungs folgen ihnen.

„Das ist weit genug, Karl. Hast noch nicht genug von neulich? Heute reitest jedenfalls voran und bleibst nicht im Hintergrund." hören die Angreifer. Die Cowboys schauen sich an. Was war das eben? Bei dem ersten Versuch hat der sich raus gehalten und die Arbeit von den anderen machen lassen?

„Ah, Lako wieder. Bist ja immer noch da. Willst jetzt hier bleiben?" „Yeah, jedenfalls so lange wie Du keine Ruhe gibst. Die Lady will nichts mit Dir zu tun haben. Kapierst Du das nicht?" „Die Lady ist mein Eigentum. Wann geht das in Deinen verdammten Kopf?" „Sie ist vor Monaten aus freien Stücken mit ihrem Freund hierher gekommen. Sie wurde nicht entführt."

Einer der Cowboys reitet plötzlich langsam neben Karl. „Sag mal, geht es hier etwa um eine Daggy?" Karl schaut den Reiter an. „Wie Du kennst sie auch?" „Ja, ich war auch oft in dem Saloon, wo sie gearbeitet hat." „Dann kannst Du ja bestätigen, daß sie entführt wurde. Siehst Du, Lako, da ist ein Zeuge der Tat."

Der Cowboy sagt da „Ne, das kann ich nicht bestätigen. Ich habe gesehen, daß Roy den Saloon verließ und Daggy ihm nachgelaufen ist. Und gerufen hat: Roy, warte ich komme mit."

Lako kommt aus seinem Versteck. „Da haben wir es. Karl ist als Lügner enttarnt. Die Frau wurde also nicht entführt." Karl greift sofort zu seinem Sechsschüsser. Doch da trifft ihn eine Kugel an der Hand. „Verdammt noch mal." schreit er auf und schaut zu Lako. Doch der hat seine Hände leer. „Erschießt den Kerl. Hört ihr, ihr sollt den Kerl da vorne fertig machen."

Die Cowboys sehen sich gegenseitig an. Dann sagt einer der Hinteren „Rick, ist das wirklich wahr, was Du gesagt hast? Ist die Frau wirklich dem Roy nachgelaufen?" „Ja, so halbnackt wie sie war." „Quatsch, sie wurde entführt." schreit Karl auf und wendet sein Pferd.

Der Reitertrupp, der sich hinter dem Haus geschoben hat, wartet auf neue Reaktionen der ersten Abteilung. „Was ist denn jetzt los? Da drüben sind die am palavern." „Ja, aber es fiel ein Schuß." „Es hat sich aber nichts weiter getan." „Doch, Rick ist neben dem Karl." „Ja, und vor den Reitern ist einer aus der Deckung gekommen." „Was machen wir denn jetzt? Angreifen?"

„Ich würde es mit warten versuchen. Dann lebt man länger." hören die Reiter jetzt. Und neben ihrem Truppführer kommt Django aus der Deckung. Sofort greifen zwei zu ihren Colts. „Laßt stecken. Es lebt sich länger." „Wwer bist Du denn?" „Zur Zeit Dein Schutzengel." „Mmomment mal, Du bist doch Django."

Der Sprecher schaut sich um „Wo ist denn der Sarg? Django zog doch einen Sarg mit sich herum." „Warum suchst Du denn den Sarg? Willst Du da rein? Jim." „Ne, rein will ich da nicht. Aber Django zog doch immer einen Sarg hinter sich her."

Django tritt an Jim heran. „Der Sarg ist schon auf der Farm. Was habt ihr denn vor?" „Wir wurden von einem Karl angeheuert. Er wollte die Farm angreifen, weil dort etwas festgehalten wird, was ihm gehört." „Karl ist dort drüben am palavern mit Lako." kommt es von Django.

Die Reiter verstehen jetzt gar nichts mehr. Erst sollen sie die Farm angreifen und jetzt palavert der Karl dort. „Worüber palavern die denn? Soll der Überfall verhindert werden?" „Lako will wissen, warum Karl die Frau nicht in Ruhe läßt. Sie will nichts von ihm und sie gehört ihm auch nicht." „Und was hast Du damit zu tun, Django?" „Nun, ihr seid gut 10 Mann stark und die Frau ist allein. Seit drei Tagen sind da zwei, die ihr auf der Farm helfen. Lako und ich sind die einzigen, die etwas vom Kampf kennen." „Wir sind auch nur einfache Cowboys. Aber Karl hat uns einen Job angeboten, bei dem wir 5 Dollar pro Stunde und Nase verdienen." „Glaubt ihr wirklich, daß Karl euch Geld gibt? Der spekuliert nur zu seinen Gunsten. Das einzige, was ihr von ihm bekommt ist eine Kugel."

Die Reiter des zweiten Trupps schauen sich gegenseitig an. „Du meinst, er benutzt uns nur?" „So sieht es aus." „Was machen wir denn jetzt?" „Du siehst nicht gerade aus, als ob du uns rein legen willst. Was würdest du an unserer Stelle jetzt machen?" „Tja, die Entscheidung müßt ihr schon selbst machen. Ich für meinen Teil habe schon eine getroffen. Und die ist gar nicht verkehrt."

Wieder ein gegenseitiges Anblicken der Cowboys. „Ich kann nur so viel sagen, trefft ihr die richtige Wahl, könnte letzten Endes doch noch für euch Geld fließen. Zwar nicht sofort, aber das wäre dann Verhandlungssache." „Meinst du, daß wir auf der Farm Arbeit finden?" „Arbeit ist reichlich vorhanden. Nur keiner, der sie erledigt."

Einige Männer stellen sich in die Bügel „Rinder sind aber keine zu sehen." „Es sind einige vorhanden. Man muß halt klein anfangen."
 Die Cowboys schauen sich wieder gegenseitig an „Was meint ihr Kameraden? Arbeiten wir für die Daggy?" „Was wird Roy wohl dazu sagen? Gleich ein halbes Dutzend Arbeiter auf der Farm." „Nichts wird er sagen. Er ist tot." „Wie tot? Das versteh ich nicht." „Wie lange denn schon?" „Das müßt ihr die Frau fragen." „Ja, dann reiten wir doch zur ihr." „Stopp. Wenn wir jetzt da hin reiten, schießen die auf uns. Wir müssen uns was überlegen." „Weiße Fahne." „Und wenn Django uns runterführt?"

Alle schauen jetzt den Mann vor ihnen an.
Django nickt nur, dreht sich um und geht dem
Trupp voran.

Die drei im Haus schauen dem Trupp hinter
Django entgegen. „Was ist denn jetzt los? Haben die Django gefangen genommen?" „Ne,
Mädel, die haben die Seiten gewechselt. Wie
es aussieht. Django hat ja seine Schießeisen."
„Wie hat er das denn hingekriegt?" „Also, ich
würde sagen, mit Worten." kommt es von Old
Man. „Besser wie blaue Bohnen." „Was Karl
wohl dazu sagen wird?" „Wütend wird er sein.
Hat ja keine Männer mehr, die für ihn die
Dreckarbeit machen." „Noch hat er die Männer hinter ihm ja." „Die werden aber nicht auf
ihre eigenen Kumpels schießen."

Die Frau von Old Man schaut vorne aus dem
Fenster. „Neben dem Anführer ist einer aus
dem Trupp geritten. Sieht aus, als wenn der
Anführer gleich die Fassung verliert." Old
Man ist zu seiner Frau gewechselt. „Ja, glücklich ist er nicht. Und Lako steht ganz ruhig vor
ihnen. Was da wohl jetzt passiert ist?" „Hoffentlich geht das gut." „Also, einst steht ja

schon fest. So viele, wie vor ein paar Tagen, werden heute nicht ins Gras beißen."

Plötzlich zieht Karl seinen Sechsschüsser und schießt auf Lako. Dann prescht er im Galopp zur Farm runter. Addy treibt seinen Wallach energisch an und will seinem Freund folgen. Doch ein Treffer in sein Bein läßt ihn verhalten. Wütend dreht er sein Pferd und schaut ob er den Schützen ausfindig machen kann. Doch der wird von seinen Kameraden gedeckt. „Ihr sollt nicht mich erschießen, sondern den da." Bei seinen Worten zeigt er auf Lako, der verletzt am Boden liegt.

Zwei Cowboys knien bei ihm. Der Schuß hat ihn an der Schulter getroffen. Ein glatter Durchschuß. „Bleib liegen, wir machen das schon mit der Verletzung." sagt einer der Cowboys. Er kramt in seiner Satteltasche nach Verbandszeug. „Ihr sollt ihm nicht helfen, sondern töten." Addy will zu den dreien reiten, doch Tracy stellt sich ihm in den Weg. „Du schießt nicht auf meine Kameraden." „Willst du das verhindern?" „Wenn es sein muß." Addy zieht den Arm mit seinem Remington hoch, doch dann kippt er aus dem Sattel bevor er einen Schuß abgeben konnte. Drei Kugeln hält auch der stärkste Gauner nicht auf einmal aus.

„Der macht keinen Ärger mehr." sagt einer der Cowboys. Steigt aus dem Sattel, ergreift die Zügel von Addys Pferd und bringt es zu seinem. Lako fragt besorgt „Was geschieht jetzt beim Haus? Karl ist doch runter geritten." „Ja, das ist er. Und kurz vor dem Haus hat er sein Tier gedreht und hierher geschaut." „Und? Weiter?" „Nichts weiter. Er sitzt noch im Sattel und schaut hierher. Wartet wohl auf seinen Addy." „Und auf euch. Ihr sollt ihm doch folgen." „So hat er sich das gedacht. A-

ber jetzt, wo wir wissen, was eigentlich los ist, kann er lange warten." „Wie geht es ihnen?" „Och, nur ein Kratzer." sagt Lako. „Von wegen kleiner Kratzer. Der Schuß ging vorne rein und hinten wieder raus. Damit bist wohl erstmal außer Gefecht gesetzt."

Dann sind Schüsse von der Farm her zu hören. Die Männer schauen hinunter. Von Karl ist nichts zu sehen. Einer schleicht vor dem Stallgebäude rum. Dann kommen Reiter im Schritt hinterm Haus hervor. Vor ihnen geht ein Mann ganz ruhig.

Dann jagd ein Reiter auf der anderen Seite des Stalles mit seinem Pferd aus dem Stall. Es ist Karl. Der versucht jetzt die Sache wirklich selbst in die Hand zu nehmen. Billi kommt aus seiner Deckung und schießt. Doch sein Schuß geht daneben. Dafür trifft es ihn am Bein.

Joe sieht seinen Freund liegen und will zu ihm, doch da wird er umgeritten. Dann stürmt Karl gerade wohl auf das Haus zu. Er will mit seinem Tier das Haus stürmen. Reitet direkt auf ein Fenster zu, um dort mit dem Tier durchzuspringen. Old Man kann gerade noch seine Frau zurückstoßen und selbst fallen zu lassen. Da ist Karl mitsamt Tier im Haus. Daggy ist schockiert und unbeweglich. Voller Triumpf brüllt Karl „Ja, du Luder, jetzt habe ich dich."

Die Haustür wird aufgestoßen und vier Mann stürmen ins Haus. Karl rutscht schwer getroffen zu Boden. Daggy schaut zu dem Mann am Boden, der eben noch so laut triumpfiert hat.

In der rechten noch seinen Sechsschüsser. Ein roter Fleck auf seiner Weste wird immer größer.

Im liegen hat Old Man sein Gewehr hochreissen können und hat einen gezielten Schuß auf Karl abgegeben. Dieser hat dem Ganoven im Herzen getroffen.

Mehrere erstaunte Pfiffe sind plötzlich hörbar. Erst jetzt bemerkt Daggy die Männer, die ins Haus gekommen sind. Old Man rafft sich wieder auf. Ebenso seine Frau. „Old Man ..." ruft Daggy ängstlich. „Keine Panik, Mädel." sagt Django. „Die Männer hinter mir sind keine Gefahr mehr. Oder sehe ich das verkehrt."

Beim letzten Satz hatte er sich den Männern zugewandt. „Ne, das ist schon richtig. Django hat uns die Augen geöffnet." „Tstststs." kommt es aus einer Ecke „Es gibt hier noch Leute, die reiten mit geschlossenen Augen durch die Gegend. Wohl wieder zu viel gesoffen?"

Zwei Cowboys schnappen sich den erschossenen Karl und bringen ihn raus. Der dritte nimmt das Pferd und führt es raus.

Zwischenzeitlich ist der Reitertrupp aus dem Wäldchen eingetroffen. Lako sitzt auf einem Pferd. Die Männer mit dem toten Karl sehen sie zuerst. „Hey, da seid ihr ja. Wen bringt ihr da mit?" „Das ist Lako. Der hat uns einmal aufgehalten und dann der Wahrheit näher gebracht." „Ja, Karl hatte das zwar bestritten und ist dann runter geritten. Oh, überlebt hat er das ja nicht, wie man sehen kann." „Wieso ist Lako verletzt?" „Das hat der Kumpel von Karl gemacht. Konnten wir nicht verhindern. Aber der kann nichts mehr anrichten." „Aha, hat es ihn also auch erwischt." „Ja, von drei Kugeln gestreckt."

Django, Daggy und die Nachbarn kommen aus dem Haus. Sie sehen Lako mit Verletzung. „Oh Gott, Lako, du bist ja verletzt." sagt Daggy. „Nicht so schlimm. Unkraut vergeht nicht. Ist nur ..." „Ein glatter Durchschuß." sagt einer der Cowboys.

Sie bringen den Verletzten ins Haus. „Wo sind denn die beiden Jungs, Billi und Joe?" „Ich schau mal." sagt Django und geht hinaus. Er sucht die Verstecke der Jungs auf. Findet aber keinen. Dann geht er in die Unterkunft und findet dort beide, die sich gegenseitig verbinden. „Na, ihr lebt ja. Ist auch besser so. Schließlich werdet ihr gebraucht." „Wie ist das denn jetzt ausgegangen?" „Ich kann euch sagen, es hat die richtigen getroffen. Jetzt hat Daggy Ruhe vor dem Karl." „Django, sagst du drüben Bescheid, wir kommen gleich."

Django geht wieder ins Haupthaus „Die beiden kommen gleich. Müssen sich noch herrichten." „Ja, also wir sind denn ja wieder ohne Job. Und Geld kriegen wir auch nicht."

Lako sagt da „Wenn ihr wollt, könnt ihr hierbleiben." „Aber ich kann doch keine Leute bezahlen. Bin doch am Anfang." „Fangen wir doch gemeinsam an. Oder Tracy? Denke, das wären wir der Lady schuldig." „Da hast du Recht, Clay." „Aber ..." will Daggy noch einwerfen, doch Clay legt den Finger an den Mund. „Psst." Das Zeichen still zu sein. Dann gehen die Cowboys aus dem Haus.

„Daggy, ich glaube, du hast eine ganze Mannschaft gefunden." „Eine Mannschaft, die ich
nicht entlohnen kann für ihre Arbeit." „Mit der
Zeit wird es schon werden." „Und was macht
ihr beide jetzt?" fragt Daggy die beiden Kämpfer. „Lako muß ja erstmal gesund werden und
ich werde weiter ziehen." antwortet Django.

Lako sagt da „Warte, ich komm mit. Hier werde ich nicht mehr gebraucht." „Du, bleibst
schön da liegen und werde gesund. Dann
kannst weiterziehen.""Django, ich glaube,
draußen steht ein Pferd ohne Besitzer. Das
nimm du man jetzt. Ist leichter als einen Sarg
zu ziehen." Django drückt Lako die Hand und
dann die junge Farmersfrau an sich. „Danke
für die Hilfe. Wer weiß, wie es sonst ausgegangen wäre." sagt Daggy. „Och, das wäre
genauso ausgegangen wie jetzt. Lako hätte das
auch allein hinbekommen." „Aber mit dir war
es leichter, Django. Sehen wir uns wieder?"
kommt es vom Sofa. „Bestimmt."

Django grüßt noch einmal die neue Mannschaft. „Viel Glück Jungs. Und das mir keine
Klagen kommen."

FSC
www.fsc.org
MIX
Papier | Fördert
gute Waldnutzung
FSC® C083411

Zeitfracht Medien GmbH
Ferdinand-Jühlke-Straße 7
99095 Erfurt, Deutschland
produktsicherheit@kolibri360.de